Tú me acostumbraste

SILVIA GRIJALBA

Tú me acostumbraste

ESPASA

ESPASA NARRATIVA

Diseño de cubierta: María Jesús Gutiérrez
Ilustración de cubierta: Eva Vázquez
Preimpresión: MT Color & Diseño, S. L.

Depósito legal: B. 7923-2014
ISBN: 978-84-670-4113-2

www.espasa.com
www.planetadelibros.com

Impreso en España/Printed in Spain
Impresión: Unigraf, S. L.

Espasa Libros, S. L. U.
Avda. Diagonal, 662-664
08034 Barcelona

Para Juanjo, después de la lluvia.

PRIMERA PARTE

CAPÍTULO 1

«No, no, no, no, no, no, no». Así empezó nuestra relación. Con un no rotundo que se convertiría en un sí incondicional. Nos habíamos quedado solos en el porche, éramos los únicos fumadores de la fiesta y, sin venir a cuento, o al menos eso pensé yo, Alberto me cogió de la nuca, me acercó a sus labios y fue a besarme. Yo salté hacia atrás como si su lengua fuera una navaja y él puso cara de sorpresa. Mi reacción no fue casual, supongo que algo debió de decir el inconsciente. Un aviso de lo que se me venía encima. Y no me refiero a sus setenta kilos de músculo esculpido por el polo y el gimnasio, ni a su metro ochenta, sino a ese cuento de hadas en el que ambos intercambiaríamos papeles constantemente. La princesa se convertía en esclava, el príncipe en madrastra, el ogro en príncipe y la bruja en princesa.

Llegué a aquel pueblo de Guadalajara con los párpados hinchados. Durante todo el viaje desde Madrid había estado llorando. Las últimas palabras que había pronunciado antes de salir de casa fueron: «Si es que parezco viuda, nunca quieres ir a ningún sitio». En el ascensor oí a Juan decir algo que no entendí y nada más salir de casa me puse las gafas de sol para disimular el llanto, aunque era casi de noche. En aquella época, las Ray-Ban Jackie Ohh y el colirio eran dos elementos esenciales en mi bolso. Lloraba una media de tres veces al día. Las lágrimas habían empezado a formar parte de mi vida y sus consecuencias también. Por ejemplo, ya no me ponía rímel. Así que llegué a aquella fiesta de cincuenta cumpleaños de mi editor, el típico compromiso que no puedes eludir y que Juan odiaba con toda su alma, con una sonrisa en la boca y un kleenex en el bolsillo.

Alejandro, el anfitrión, tenía la casa en obras, así que su *vecinoelaventurero* le había dejado la suya para celebrar la cena de recibimiento al fin de semana de festejos. Desde hacía tiempo había oído hablar de su *vecinoelaventurero* y al llegar a aquel pueblo me di cuenta de que los nombres no existían, como siempre había pasado en esos lugares. Antes, el farmacéutico era el farmacéutico, el pastor, el pastor, el médico, el médico, el tendero, el tendero y ahora el *vecinoelaventurero* no tenía nombre, como el *vecinoeleditor* o mi *vecinoelnotario*. No había más que echar un vistazo para saber que en esa aldea convertida en segunda residencia de la alta burguesía no había ninguna casa que fuera la de *mivecinoelcajerodemercadona*. La villa estaba perfectamente conservada. Lo rural era tan rural que parecía una imitación, pese a que los blasones fueran los de los primeros dueños de esos palacetes y las piedras exactamente las que habían compuesto el edificio original.

Y el *vecinoelaventurero* me pareció idéntico a lo que acababa de ver. El estereotipo del *gentleman farmer* vestido para una cena informal. Pantalón negro, camisa remangada dejando entrever unos antebrazos bien forjados, un corte de pelo perfectamente descuidado y una sonrisa de anfitrión, como si te conociera de toda la vida y como si la fiesta fuera realmente suya, no de Alejandro.

—Tú debes de ser Marta, pasa, te estábamos esperando... —dijo, cogiéndome por el hombro y llevándome a un recibidor lleno de velas y de esculturas orientales.

—Ay, perdón, he llegado tardísimo, pero ¿cómo se os ha ocurrido esperarme?, ¡qué horror! Le mandé un mensaje a Alejandro diciendo que empezarais sin mí, que me había perdido.

—No, no te preocupes, ya estamos en los postres, cuando decía que te estábamos esperando quería decir que esperábamos, bueno, esperaba tu llegada con ansiedad... pero cenar ya hemos cenado —dijo el *vecinoelaventurero*, en tono de confidencia, con una actitud entre la caballerosidad y el coqueteo descarado.

Sonreí y cuando iba a soltar alguna respuesta ingeniosa que hiciera juego con su comentario, me miró muy serio, con cara de haber cometido un error imperdonable y, cogiéndome la mano derecha con las suyas, me miró a los ojos y dijo: «Pero... pero... perdóname, por favor, lo siento. No me he presentado, soy Alberto, el anfi... no, mejor dicho, el invitado que le deja la casa a Alejandro, que es el anfitrión».

En ese momento llegó Alejandro, bastante borracho, lo cual no puedo decir que me sorprendiera, siempre estaba entre un poco bebido y completamente embriagado. Lanzó a Alberto una mirada traviesa de hombre a hombre, que a mí no me gustó nada, y se abalanzó, como siempre que me saludaba, sobre mí.

—Marta, mi Martita, por fin has llegado, llevo llamándote toda la tarde, pero estabas sin cobertura, me preocupó tu mensaje, pero bueno, da igual, estás aquí, sana y salva, y ya veo que has conocido a Alberto. Cuidado, no te haces idea de lo peligroso que es, aunque tenga este aspecto de caballero británico. Cuando llega al pueblo, los padres esconden a sus hijas y los maridos mandan a sus mujeres a Guadalajara...

—Vaya, como cuando el conde Drácula llegaba a sus posesiones... —interrumpí irónica, pero en el fondo tenía esa imagen en la cabeza—. El rey perverso ante el que las lugareñas no pueden resistirse.

—Alejandro, no asustes a la señorita, por favor —replicó, soltando una sonora carcajada—. Ya sabes, Marta, cómo es tu amigo. Exagerado, exagerado, pobre de mí... Aquí paso mis días escribiendo cosas de aficionado, sin ningún futuro posible, y esperando a que venga a visitarme algún amigo que se apiade de este hombre de mediana edad que ya empieza a tener sus rarezas... Pero lo de Drácula me ha gustado. Alejandro, tenías razón, Marta me ha enamorado. —Esto último lo dijo cogiéndome por la cintura.

—Claro, claro. Oye, pero no quiero entreteneros más aquí, por favor, vamos dentro, que os estoy acaparando —dije sin dar opción a respuesta, entrando directamente en el salón donde se reunían varios compañeros escritores, aspirantes a alguno de los premios que dependían directamente de la decisión de Alejandro; dos chicas con aire exótico, pintadas en exceso, que estaba claro que eran aportación de Alberto, un par de periodistas famosos y la familia del homenajeado, que era casi la mía. La fiesta la pasé prácticamente con ellos.

Su mujer, Concha, era una buena amiga, mucho mayor que yo, pero eso daba igual. Siempre, desde que había publicado mi primer libro con Alejandro, nos habíamos llevado bien. Y sus hijos, dos chicos adolescentes tímidos e inteligentes, eran casi mis sobrinos.

Mi papel en la fiesta fue voluntariamente secundario. No tenía ninguna gana de sociabilizar ni deseo alguno de hablar de la última novela de Martin Amis o Vargas Llosa con mis colegas escritores. Me senté con los adolescentes a charlar de nimiedades. Tenía la cabeza puesta en Juan. En esa sensación de soledad que sentía desde hacía meses y que sabía —le conocía demasiado bien como para engañarme— que también le invadía a él. Era una angustia, un vacío que no tenía ni idea de cómo se había instalado entre nosotros. Pero habíamos llegado a un punto muerto literal. Ya ni discutíamos, y eso me preocupaba. Los cadáveres no se rebelan, y tenía la impresión de que estaba pasando las fases del duelo de una separación sin haber roto. Pero no me veía con capacidad para tomar una decisión. La vida con Juan había sido maravillosa. Él era inteligente, guapo, sensible, me cuidaba, me divertía... No había nada que pudiera reprocharle.

Pero desde que habían empezado los ERE en mi empresa, desde que habían decidido que había que recortar las colaboraciones, empezaba a sentir una inseguridad, una necesidad de cambiar de vida, que había influido en mi día a día con Juan. Él tampoco estaba pasando su mejor momento profesional. Los encargos para hacer casas ya no llovían como antes. O quizá fuera la crisis de los casi cuarenta o que habíamos pasado el ecuador de los siete años. O nada concreto. Pero yo estaba triste, asustada y paralizada y, desde luego, no me sentía en ese instante la reina de la fiesta.

No tenía el ánimo para corresponder a las miradas incendiarias de Alberto, que cuando no bailaba con su amiga siria, lo hacía con la indonesia. A mí aquello me parecía como estar viviendo en el juego de cartas de las familias del mundo. La familia india, la esquimal... el problema es que las dos me parecían iguales. Delgadas, con un cierto estilo si se hubieran maquillado menos, con ropa de marca, Rolex de oro y una elegancia un poco impostada.

Concha y yo observábamos la escena sentadas en el sofá.

—Esto de preparar una fiesta es agotador. Es la última que hago —dijo quitándose los zapatos y poniendo las piernas sobre un puf de piel y repujados dorados.

—¡Siempre dices lo mismo! Y no te quejes, que al menos mañana no tienes que limpiar.

—Sí, menos mal. ¿Por qué te crees que he sugerido que se celebre aquí?

—Ya, algo así me imaginaba... Oye, el Alberto este, ¿de dónde lo habéis sacado?

—Es un amigo de Alejandro, de hace tiempo, lo que pasa es que ha vivido mucho fuera de España. Se conocieron cuando Alejandro publicó el libro aquel de Richard Attenborough. Alberto había trabajado con él y fue el enlace con Alejandro. Es, bueno, ya le ves, un poco viva la Virgen, pero a mí me divierte y es un tipo inteligente. ¿Y qué quieres que te diga? Para hacer una fiesta es perfecto.

—Creo que Alejandro me había hablado de él, ahora que me dices. Es que no le situaba.

Seguimos charlando un rato y yo cada vez tenía más ganas de salir de allí. La música me aturdía y lo que me apetecía era descansar y dejar de fingir que me estaba divirtiendo.

Cuando estaba a punto de irme, pusieron un tango y Alberto se acercó a mí estirando la mano. Yo me veía como en esos espectáculos de vodevil en el que la *starlet* se sienta en las rodillas de algún espectador y empieza a cantarle *La pulga*, para luego invitarle a bailar con ella. Exactamente la misma sensación. E hice lo mismo que hubiera hecho en una situación así. Sabía que resistirme me iba a poner más en evidencia, aunque lo cierto es que ya estaba mirándonos toda la fiesta. Mi timidez, aquella que pensaba que estaba superada, me jugaba a veces esas malas pasadas. No había bailado un tango en mi vida y odiaba ese tipo de situaciones, pero me rendí, era mejor, y no, por supuesto, por el comentario de Alberto: «No te preocupes si no sabes bailar, el tango es como hacer el amor, es algo instintivo y, al principio, si te saben llevar, luego ya te sueltas». Eso probablemente con la chica de Yakarta funcionaba, pero conmigo, no. La mezcla aventurero de profesión, guapo y comentario sexual a muchas las volvía locas, pero a mí me bloqueaba. Minutos después me di cuenta de que en el fondo me creía más distinta de lo que era. Tanta intelectualidad, tanto leer a Proust... para nada.

Me levanté, Alberto me agarró por la cintura con la mano abierta, acercándome hacia él y me susurró: «Déjate llevar, yo te guío, en esto la mujer tiene que dejar hacer al hombre». «A la porra el feminismo», pensé, fundamentalmente porque sabía cómo funcionaba el tango y ahí el sufragismo no había llegado, cosa que tampoco me parecía mal; la igualdad, para las cosas importantes, y bailar era otra cuestión. Así que después de un par de minutos de resistencia, de no dejarme arrastrar, me abandoné a mi suerte y sí, efectivamente, el mito de la sensualidad de esa danza era cierto, palpable, absolutamente físico. Reconozco que me dio rabia, mucha rabia; no me gustaba que Alberto hubiera ganado, pero un escalofrío me subió por la espalda y cuando sonó el segundo tango (teniendo en cuenta que por lo premonitorio de la letra sería difícil olvidar cuál era: *Cambalache),* en vez de sentarme y escapar, allí seguí incapaz de separarme y esperando que Alberto conociera las antiguas reglas de ese baile. Esas que dicen que lo cortés es danzar tres tangos con la misma pareja. Cumplió la norma.

A partir de ese momento, todo cambió. Había algo, una energía, una atracción irresistible, como eso que prometen los anuncios de colonia de hombre, que me hacía estar pendiente de sus movimientos y sentir un cosquilleo cada vez que se acercaba a servirme un nuevo *gin-tonic* de, por supuesto, Bulldog y Fever-Tree, con un toque de pimienta y jengibre.

Los niños y los mayores fueron abandonando la fiesta y yo, que tres horas atrás, un minuto antes del tango, había planeado irme, allí estaba, con Miss Siria y Miss Indonesia, que andaban inmersas en una competencia casi deportiva. El juego de a ver quién resistía más. Si alguna se iba a dormir, estaba perdida, y yo, tenía que reconocerlo, hubo un momento en el que participé en ese reto. Resistir o morir. Hasta que me tomé un café, comí un poco y recapacité. Aquello era absurdo, aunque estuviera hasta la hora que fuera no iba a acostarme ni nada parecido con él... Las cosas iban mal con Juan, pero yo no era de perder la cabeza, me repetía para mis adentros.

Seguro que si hubiera trazado una estrategia me habría salido peor; no hay nada como que te digas que no te interesa demasiado alguien y comportarte como si así fuera, porque te lo crees, para conseguir que caiga rendido a tus pies. Pero realmente tenía ganas de irme. Sabía que si anunciaba mi marcha, aquello iba a ser una despedida interminable de «no te vayas», «pero por qué», así que me escapé a la francesa. Mejor dicho, me intenté ir.

Me quedaba a dormir en la casa de invitados de Alejandro. Allí se alojaban también otra escritora y un escritor joven y ambicioso que durante toda la velada había estado tirándole los tejos a la novelista ganadora de varios premios importantes, *exbestseller*, pero aún influyente en el mundo del libro. Él debía rondar los treinta años y ella los sesenta, aunque aparentaba unos cuarenta y ocho bien llevados. Durante la cena había quedado claro que estaba convencida de que el *jovenescritorambicioso* la estaba intentando conquistar. Sus escarceos me daban bastante igual, no estaba como para cotilleos, aunque me hacía gracia ese juego que se llevaban. Lo que me hizo mucha menos fue llegar a la casa y ver que, en vez de haber dejado el portón abierto, lo habían cerrado con llave. Llamé y llamé, pero nada. Pensé un poco. En la fiesta no estaban. Aquel pueblo no tenía hotel ni similar. Alejandro y Concha estaban aún en casa de Alberto... era evidente, la parejita se había metido en su nido de amor improvisado y habían pasado de mí. Y sí, no tenían disculpa, porque al llegar, Alejandro había dicho muy claramente a la *ganadoradelpremioinvierno-exbestseller* que dejara la puerta del palacete abierta porque allí íbamos a dormir Luis (*eljovenescritorambicioso*) y yo. Es decir, que había cerrado a conciencia. Qué tontería. Cerrar era delatarse. Y a ella, la mujer de uno de los actores más famosos del país, no le convenía que su marido supiera abiertamente que ella hacía exactamente lo mismo que él cuando estaba en algún rodaje.

Así que tuve que volver a la fiesta. Tampoco era para tanto, pero había algo dentro de mí que me hacía sentir el peligro. No quería regresar, tenía la impresión de que algo podía pasar. Objetivamente era ridículo, nadie me iba a obligar a hacer algo que no quisiera, pero el problema era que, sin poder explicar por qué, en ese momento confiaba muy poco en mí misma. Cuando volví a casa de Alberto, él me abrazó exageradamente, unos segundos más de lo normal, con una fuerza increíble, como si fuera su mejor amigo y volviera de haberme jugado la vida en alguna batalla lejana.

—¿Pero dónde estabas? Estaba preocupadísimo, pensaba que habías huido —dijo sin soltarme, con un dramatismo bastante cómico.

—No, estabas bailando y no quise interrumpirte, pero es que estaba muy cansada —respondí riendo y buscando con la mirada a Alejandro, que me miraba divertido, algo que a mí no me hacía ni pizca de gracia.

Me zafé cortésmente del abrazo de Alberto y le hice un gesto de súplica a mi editor para que viniera. Después de explicarle lo que había pasado y de que me respondiera que no tenía más llaves de la casa, miró a Alberto, riendo ya abiertamente.

—Es una pena que no tenga sitio en mi casa, pero tú sí tienes aquí, ¿no? ¿O están todas las habitaciones ocupadas?

—No, no, sobra una, y si no, tampoco sería problema. Claro, será un honor que Marta se quede a dormir aquí —explicó, volviendo a tocarme el hombro.

Miré a Alejandro con cara de horror, pero intenté aparentar normalidad. Tampoco era para tanto...

—A no ser que Marta no quiera... Oye, lo de Drácula era una broma, prometo no entrar en tu cuarto para morderte el cuello... Bueno, no, no puedo prometerlo, pero te aseguro que intentaré no hacerlo —dijo Alberto, de una manera tan descaradamente seductora que me pareció divertida.

—Estoy segura de que podrás controlarte —respondí yo también coqueta—. Si no os importa, voy a acostarme ya, estoy muy cansada.

Después de unos quince minutos de ruegos para que no abandonara la fiesta, conseguí retirarme. Estaba agotada. Había sido una semana intensa, de tensiones en el trabajo y tristeza en casa. Y tampoco me apetecía seguir abajo, manteniendo esa batalla cuerpo a cuerpo con Alberto, esquivando sus insinuaciones y las miradas de odio de sus amigas exóticas. Era demasiada lucha para una jugada que no tenía ninguna gana de vencer, ni siquiera quería participar en ella.

Aquella noche tardé mucho en dormirme. Al final caí rendida, pero podría decirse que decepcionada de que Alberto no hubiera entrado en mi habitación con alguna disculpa. Hay que ver, pensé, el mal que han hecho las películas románticas... deberían matar a Doris Day... y a Julia Roberts y a todas las heroínas románticas. Al despertarme, con el ruido de la casa en marcha, un dolor de cabeza considerable y una mala cara que me obligó a tardar casi una hora en recomponerme por dentro y por fuera, pensé en lo puñetera que es la mente humana, o al menos la mía. ¿A qué venía ese sentimiento de decepción? ¿No se suponía que no quería que Alberto entrara en mi cuarto? No está mal, reflexioné, que a mis cuarenta recién cumplidos siga sorprendiéndome a mí misma. Lo que no sabía entonces era que la caja de Pandora solo se había abierto por una esquina.

La fiesta de Alejandro era una especie de romería, todo un día de barbacoa, bebida, recitales más o menos espontáneos de poesía, orquesta, baile... En el pueblo, el cumpleaños de *donAlejandroeleditor* se había convertido casi en la fiesta mayor. Por la mañana, y sin ejercer el papel de anfitrión, Alberto me pareció especialmente interesante. En la fiesta había actuado como tal y ese lado suyo me bloqueaba. Pero de día era distinto. Debo decir que también ayudó saber que ninguna de las «misses» orientales había dormido con él. Durante mi insomnio de la noche anterior había estado intentando descubrir algún ruido que me indicara a cuál había elegido para acompañarle en la habitación principal. Pero no, por el mal humor de las dos al día siguiente y por cómo se lanzaron a los brazos de los dos invitados más atractivos de la fiesta, era evidente que Alberto no había compartido su cama. Eso me desconcertó. Me hizo reflexionar y tener claro que en ese hombre no era todo tan obvio como parecía.

Podría seguir explicando las razones que me llevaron horas después, la siguiente madrugada, a acabar pronunciando el ya mencionado «No, no, no, no, no», que fue un sí absoluto. Pero ¿para qué? Hay actos en la vida que no tienen explicación y aún menos justificación.

Capítulo 2

El camino de vuelta a Madrid fue una especie de nebulosa de la que no recuerdo nada. Empecé a tener conciencia de lo que me rodeaba cuando metí el coche en el garaje y llamé al ascensor. Intentaba ser lo más racional posible. Me decía a mí misma que no debía sentirme culpable, que tampoco había pasado nada, que cuatro besos y algo más no era para tanto y que cualquiera en una crisis puede caer en algo así. Pero daban igual mis argumentos. Me sentía miserable, traidora y no sabía cómo iba a reaccionar al ver a Juan.

Así que cuando metí la llave en la cerradura y vi que el cerrojo estaba echado, respiré tranquila. No había llegado aún. Se habría quedado más de lo normal en el despacho. Entré y tuve una sensación extraña. Los platos del desayuno estaban sobre la mesa del comedor y los sillones *vintage* que había comprado Juan durante nuestro viaje de novios a Berlín estaban descolocados, mirando hacia el balcón. Algo raro pasaba. Juan, que era la persona más ordenada del mundo y que tenía la casa como un santuario, no era de los que deja un plato sucio en el salón. De repente caí en la cuenta de que no habíamos hablado desde la noche anterior. Lo normal era que yo le hubiera llamado para decirle que ya volvía o que él me hubiera mandado un mensaje. Pero no. Entré en la habitación y me tiré sobre la cama. Sentí el crujido de un papel. Era una carta, metida en un sobre, con la perfecta caligrafía de Juan. Me acordé cuando, al principio de nuestra relación, me dejaba notas con corazones, con dibujos de casas preciosas y con zapatos de cristal. Aquel sobre no tenía nada. Simplemente un «De Juan». La abrí y se me cortó la respiración.

Querido amor:

Podemos seguir fingiendo que no pasa nada, pero está claro que sí pasa. Sería muy largo explicar lo que es, y, además, los dos lo sabemos, pero tenemos que hacer algo porque si no sí que acabaremos haciendo algo de lo que nos vamos a arrepentir.

Creo que al dar este paso pienso en los dos, pero no voy a empezar con soy yo, no eres tú. No importa. Yo necesito cambiar, distanciarme de todo y salir de ese bucle de silencio, resentimiento y oscuridad en el que nos hemos metido.

Ahora mismo no tengo trabajo en el despacho, así que puedo estar fuera un mes. ¿Te acuerdas del proyecto que había en India de construir un hospital, el que ha proyectado la ONG de mi amigo Pablo? Es una opción que barajo. De momento, no me iría allí, me voy a la casa de la playa. Pero quería contarte todo esto porque sé que si lo hablamos, al final no me voy a ir, ni a la playa ni a ningún lado.

Te quiero con toda mi alma y tengo que ser valiente y reconocer que lo que no sé es si te amo. Creo que si tú reflexionas, dirás lo mismo.

Ahora estoy muy triste, perdido, muerto. Te llamaré en un par de días. Por favor, llama a Sandra o a Luis, no quie-

ro que estés sola. O haz lo que creas que es mejor para ti, no voy a empezar a darte consejos, eso de lo que tanto te quejas siempre.

Con mi amor,

Juan

En ese instante me sentí como si me hubieran lanzado al espacio y estuviera condenada a dar vueltas eternamente sola y helada. Cogí la manta que tenía a los pies de la cama desecha y me acurruqué. Estaba claro, no podíamos seguir así, lo habíamos intentado varias veces, pero algo se había roto, aunque estuviera llorando como una niña, aunque se me rompiera el corazón, aunque me engañara y me hiciera promesas absurdas y supersticiosas del tipo: «Si vuelve, prometo no volver a discutir con él». Mientras releía la carta detrás de la cascada de lágrimas, me llegó un mensaje, era de Alberto: «A punto de coger el avión, pensando en ti». Lo leí y volví a mis autopromesas: «Si vuelve, no hablo más en mi vida con Alberto».

Dos horas más tarde, después de haberme duchado, comido algo y haber reflexionado, el dolor seguía, pero empezaba a darme cuenta de que Juan, como casi siempre, tenía razón y estaba haciendo lo que era mejor para los dos. Sonó el teléfono, era mi amiga Sandra.

—Hola —saludé, intentando aparentar tranquilidad.

—¿Qué ha pasado? —me dijo preocupada.

—¿Cómo lo sabes?

—¿Vamos a hacernos las gallegas?

—No, no —dije riendo. Qué mala podía ser disimulando—. Pues que Juan y yo hemos roto y se va a India.

—¿A India?

—Sí, bueno, no está claro. Primero se va a la casa de Tarifa y luego a lo mejor a India a una cosa de un hospital que va a construir allí un amigo suyo.

—Pero si él odia los bichos y el picante y el calor y es lo más escrupuloso que hay.

—Bueno, pues no sé.

—Aunque el titular no es lo de India, ¿verdad? ¿Qué ha pasado? He recibido hace un momento un mensaje suyo rarísimo y por eso te llamo.

—¿Rarísimo?

—Sí, espera que no puedo leerlo mientras hablo. Algo así como: «Llama a Marta, que necesitará estar con alguien, hemos discutido». ¿No estarás exagerando? A ver, ¿qué ha pasado? Que últimamente estabais regular, pero bueno...

—No, no es una discusión. Fui a pasar el fin de semana en casa de Alejandro, el editor, ya te conté. Y él no quiso venir...

—Normal, le odia. Nunca va a nada que haga él.

—Sí, discutimos, pero ya luego hablamos y estaba más tranquilo. Y he llegado y se había ido y me ha dejado una nota diciendo que se va a India —intenté explicar, entre sollozos.

—A ver, cariño, tranquila. ¿Pero tú crees realmente que quiere romper? Mejor dicho, ¿tú quieres romper?

—No sé...

—No sabes si él quiere o no sabes si tú...

—Yo, no sé si yo quiero.

—Ya... ¿Por qué no te vienes el fin de semana aquí? Nos damos unos paseos por la playa, le decimos a Pablo que nos haga una fabada y pastel de cabracho...

—No, de momento no. Además, veros a vosotros tan felices me va a matar.

—Pero ¡qué idiota eres! Pues nos peleamos y así estás más a gusto —bromeó, intentando animarme, y soltó esa carcajada que tan bien conocía y tanto me reconfortaba.

—De verdad, Sandra, ahora mismo no sé nada. Estoy hecha un lío.

—Bueno, normal. Oye, pero hay una cosa que no entiendo. Os peleasteis, luego estabais normal, hablasteis por teléfono y todo bien, y de repente, sin decir nada, se va. ¿Cuándo hablasteis por última vez?

—Hace un día y pico, creo...

—Ah...

—Sí, sí, no es normal.

—No sé, Pablo y yo somos muy de hablar todo el rato, pero oye...

—No, si nosotros también.

—¿Entonces?

—Pues que me di unos besos con uno que conocí en la fiesta —dije muy deprisa, como si así no fuera a entenderse—. Pero eso no tiene nada que ver.

—¿Que qué? ¿Unos besos? Pero eso cambia todo.

—Juan no lo sabe, él se ha ido sin saberlo.

—A ver, Marta. La situación es la siguiente: tú estás desconsolada por la ruptura, como es normal, pero por lo que sé, esto iba a pasar de un momento a otro y casi mejor que sea ahora. Y yo te conozco. Tú no te das besos ni te das nada con alguien que no te guste. Así que... Bien, vale, estás triste. Pero las cosas cambian con esto que me cuentas.

—O no. Lo mismo no vuelvo a ver a Alberto nunca.

—¿Yo conozco a ese Alberto, no será Alberto Batalla, el escritor?

—No, no, ¡qué horror! No, no le conoces.

—De todos modos, le vayas a ver o no, está claro que tú ya no estabas ahí, estabas lejos de Juan. Así que el luto es menos grave.

—Hija, que llevaba casi nueve años con él.

—A ver, entiéndeme, que le quieres y lo vas a sentir. Pero no es lo que le pasó a Bárbara, tu hermana, que estaba estupendamente y de la noche a la mañana le dice el imbécil ese que está enamorado de otra y que se va.

—Sí, ya, pero ahora mismo me muero de pena.

—Que ya, mi amor, pero intento que veas las cosas como son. ¿Y qué vas a hacer con Alberto?

—Pues nada. No sé. Lo mismo no me llama en su vida.

—¿Y si te llama?

—Ay, Sandra, no sé. Ahora mismo estoy hecha polvo.

—¿Si ahora mismo entrara por la puerta Juan, qué harías?

—No sé.

—No sé, no sé. Marta, no puedes vivir en el no sé. Y mira, la respuesta correcta sería: «Lanzarme a sus brazos y rogarle que volvamos a estar juntos». Si es no sé, es que no le quieres.

—Sí le quiero.

—Ya, sí, vale. Oye, tengo que dejarte, que ha pasado ya la hora del café. Vuelvo a la consulta. Si te animas, este *finde* no tengo guardias, así que vente.

—Vale, vale, lo pienso.

—Y si necesitas lo que sea, llámame. Yo te llamaré esta noche.

—No te preocupes, pero gracias.

La conversación con Sandra, como siempre, me había ayudado. Pero en ese momento no podía evitar pensar en Juan, en las pequeñas costumbres con él, en cómo se habría reído si le contaba que Sandra me había ofrecido que su marido me hiciera una de sus fabadas, de las que Juan y yo siempre nos reíamos porque eran incomibles, pero en las que ponía tanto interés que no dejábamos ni las migajas. Todas esas cosas que me unían a él y que lo cierto era que últimamente cada vez eran menos. Llevábamos un tiempo en el que las conversaciones sobre cómo podíamos encontrar nuevas formas de ganarnos la vida ocupaban la mayor parte del tiempo. De repente, me di cuenta de que no me acordaba de cuándo había sido la última vez que me había reído con él a carcajadas, como solíamos hacer siempre.

En ese instante sonó un mensaje de móvil. Me dio un vuelco al corazón pensando que era Alberto, pero no, se me encogió, porque era Juan. «Me ha mandado un mensaje Sandra. Me dice que ha hablado contigo. No quiero que te preocupes, pero creo que lo mejor es que durante una temporada no estemos en contacto. Si no, es imposible que nos aclaremos».

La congoja me volvió a agarrar y un poco de rabia. Estuve a punto de no contestar, pero no. No tenía sentido castigarle. Así que fui cabal y respondí inmediatamente: «Tienes razón, gracias, de verdad». Yo conocía a Juan, era evidente que él sabía lo que quería. Para él se había acabado. No entendía por qué no me lo decía. Seguramente por ser más suave. Estuve a punto de llamarle y preguntárselo. Pero era cierto, ya no había mucho más que hablar.

Cambié las sábanas porque no quería que nada oliera a él. Me metí en la cama y me acordé de que tenía que mandar unas propuestas de temas para la revista. El último que había hecho era «Sé indulgente contigo mismo», así que me hice caso. Desde la cama veía cómo atardecía y me puse más triste aún. Desde pequeña había pensado que la belleza si no se comparte, entristece. Y a mí las puestas de sol me hacían sentirme fatal. Sonó el teléfono. Era mi hermana. No tenía ninguna gana de hablar con ella. Si telefoneaba desde su retiro en Uruguay, estaba claro que Juan la había llamado. Mandé un mensaje a Juan pidiéndole que no avisara a más gente para que me cuidara, aunque le agradecía que lo hiciera. Me tomé dos melatoninas y empecé a ver programas absurdos, de subastas, casas de empeño, el día a día de los policías de Los Ángeles, cosas que no tenían nada que ver conmigo y que me impedían pensar.

CAPÍTULO 3

Dos semanas más tarde, la herida seguía abierta, pero aunque me sentía como si me hubieran cortado una pierna e incluso a veces me sorprendía hablando sola como si Juan estuviera conmigo, reconozco que las atenciones de Alberto me ayudaban a suavizar esa angustia. Fue una época de confusión, de dispersión. No era precisamente el mejor momento para desatender las obligaciones laborales, pero, por mucho que me esforzara, no tenía la cabeza donde debía y tampoco ayudaba la intendencia.

Me había ido del domicilio familiar porque no soportaba que todo me recordara a mi vida con Juan y vivía en el estudio que Sandra mantenía en Madrid, en el que no había ni internet ni cobertura. Desde el punto de vista práctico, fue una decisión horrorosa, pero en ese momento todo me llevaba a la épica. A una especie de romanticismo dramático que ya se sabe que no casa bien con el pragmatismo. Era un bajo interior en plena calle Goya, pero parecía que estaba en una cabaña en el campo o más bien en un búnker. Eso no era lo más indicado para alguien que trabaja con internet y con llamadas de la redacción para que escriba colaboraciones. Pero necesitaba huir de mi casa y aunque en otra etapa de mi vida podía haberme ido a un hotel temporalmente o alquilar un apartamento, no era el momento de hacer gastos extra. Tengo que reconocer que no es que me diera un ataque de cordura o racionalidad: fue Sandra la que me ofreció esa casa y me obligó a mudarme, porque lo que yo estaba era empeñada en buscarme algo «barato y céntrico».

Más o menos me iba apañando, tampoco había demasiado trabajo y nada era excesivamente urgente. Pero esa vida de incomunicación sí influyó en el devenir de mi relación con Alberto. Tardaba en ver sus mensajes y me retrasaba más aún en contestarle.

Esa indiferencia le hacía, como siempre ha sido desde que el mundo es mundo, ser más atento, más insistente. Probablemente pensaba que era una estrategia femenina, pero él no sabía que yo jamás había sabido usar esas artimañas, que siempre me había precipitado y que si esa vez no lo hacía, era por dos razones muy sencillas: terror y falta de estabilidad material.

El proceso de conquista fue como para escribir la segunda parte de *El arte de la guerra*. Al día siguiente de su mensaje desde el aeropuerto, recibí su primer mail. En él me decía que se iba a Londres, que tenía una serie de reuniones con miembros de la Sociedad Geográfica porque estaba preparando un proyecto para el año siguiente: la Ruta de la Seda a caballo. Y que antes de partir «necesitaba» verme. El email era perfecto y en él, consciente de que debía aprovechar los efectos secundarios del primer contacto físico, me mandó otro de sus proyectos artísticos, una serie de haikus eróticos que estaba escribiendo «por diversión, no tengo intención de que me los publiquen», me había dicho en la fiesta... y «humildemente» me pedía que, como escritora, yo los valorara. Aún recuerdo varios de ellos... También influye que, durante nuestra relación telemática, el envío de haikus se convirtió en una costumbre, en un juego de seducción.

El gallo canta
Hay lluvia en los labios
Tormenta blanca

Mi respuesta a su «necesidad» de volver a vernos fue muy clara: no. Dije que estaba muy ocupada, en pleno proceso de escritura, con un plan muy estricto. Era todo mentira, hacía años que no escribía. Sufría un miedo atroz a volver a ponerme a construir una novela. La primera había sido un éxito enorme y tenía la sensación de que había sido una especie de golpe de suerte y que jamás podría volver a hacer algo parecido. Me limitaba a redactar relatos cortos que tenían cierto éxito, pero lo de la novela fue una justificación que me sirvió para hacerme la interesante y poder decir un no que era un quizá. Así que construí una historia atractiva. Él estaba preparando su siguiente aventura. La Ruta de la Seda a caballo. ¿Yo qué iba a contarle? ¿Que estaba haciendo un artículo que llevaba como título «Los diez consejos para que un hombre no salga huyendo en la primera cita»? Con la reforma del grupo editorial había pasado de la sección de cultura a la de estilo de vida y de escribir las «Diez claves para entender a Proust» había acabado haciendo ese tipo de reportajes ligeros. No tenía nada en contra, pero no era algo que sirviera para impresionar a un hombre que iba a irse a Samarkanda a caballo.

En nuestras interminables conversaciones, vía chat y también por teléfono, le había contado que, con un trabajo así de libre, la fuerza de voluntad y la disciplina eran elementos imprescindibles para no quedarse en la típica novelista que tiene la «gran obra» en la cabeza, pero nunca la pone en papel (esa era yo, pero hablaba de ese tipo de escritores como una especie de parias a los que despreciaba). Le dije que era imposible que nos viéramos, necesitaba estar muy concentrada y más después del fin de semana en el que nos habíamos conocido. Había dejado durante dos días mi rutina de cinco páginas diarias y no podía hacerlo de nuevo.

Aquella charla había abordado el tema del sacrificio y la concentración. Él me escuchaba absorto, interesadísimo, como si el proceso de la creación literaria fuera la fórmula para acabar con el hambre en el mundo y yo confiara en él como único depositario de ese gran secreto. «No puedo estar separada de mi libro en ciernes más de dos días, es como un bebé al que hay que alimentar y del que no puedes ni quieres despegarte».

—A mí me han dicho que es más bien como un enamoramiento. Bueno, de hecho, mi primera novia, probablemente la mujer a la que más he querido nunca, era escritora —me había confesado—. Susana Quijana. Bueno, la conocerás.

—Sí, claro —balbuceé, impresionada—, además me encanta. Es una de mis escritoras favoritas. ¿Fue tu primera novia?

—Sí, me rompió el corazón. Hablando contigo me ha venido a la mente. Hay algo en ti que me recuerda a ella. Que me hace estar contigo como si te conociera de siempre. Pero sí, dime, me estabas hablando del proceso de escribir.

—No, me decías lo de la pasión y sí puede ser similar, es posible. Cuando empiezas una historia no paras de pensar en el objeto del amor, cualquier actividad te parece absurda y estás deseando acabarla para volver a casa y encerrarte a solas con tu libro... Pero esa etapa es tan frágil como una pasión loca. Es cierto —había dicho entonces en esa conversación en un esfuerzo de mostrar mis mejores cartas. Para rematar con un final especialmente poético, emulando el estilo un poco relamido de la famosísima Susana Quijana—: Si te alejas, si no la cuidas, termina por marchitarse y reavivar la llama es casi imposible. Como la magia en las parejas mal elegidas. Por eso el momento de escribir una novela no es compatible con el de comenzar un gran amor. Para crear se necesita el alma tranquila. La literatura es un marido absorbente, exigente, que nota al instante si le eres infiel.

El discurso me había salido redondo. Después de esa conversación fue cuando me di cuenta de que Alberto parecía realmente intrigado conmigo. No tuve claro si era porque le recordaba a ese primer amor o porque realmente le parecía arrebatadora. El matiz tampoco me importaba demasiado. La lástima era que no estuviera escribiendo una novela. Pero ese miedo a perder el control me atenazaba y era una de las razones por las que, en parte, no quería volver a ver a Alberto. Él, por lo que había visto, respondía a un fenotipo muy claro: era el seductor, galante, viajero, aventurero en todos los sentidos. Alberto, así, desde fuera, objetivamente, era la fórmula perfecta del *hombrequetevuelveloca*. Y yo estaba horrorizada. Mi mantra esos días era: «No quiero líos».

Durante su estancia en Londres, me iba contando sus encuentros en casas de la campiña, sus visitas al duque de tal, a sir *nosécuantos* que había vivido en India durante años y su paso por restaurantes, tiendas de antigüedades y sitios especiales que decía que sabía que me iban a encantar y que me enseñaría cuando fuéramos allí.

Esa seguridad absoluta en que íbamos a ir juntos a Londres por una parte me atraía, estaba haciendo planes de futuro conmigo, pero por otra me parecía de una petulancia molesta. Yo le contestaba con emails mucho más cortos y fríos. Pero tenía que confesar que si se alteraba el ritmo de la frecuencia de recibir noticias suyas (un día sí y otro no), yo también me descolocaba. Estaba empezando a atraparme. Precisamente uno de esos silencios después de quince días de emails puntuales fue el que me hizo aceptar su segunda invitación. Llevaba cuatro días sin saber nada de él, así que le escribí más cariñosa, con más detalles, como él hacía. Pasaron dos días y no me contestaba, así que le mandé un sms. A las tres horas tenía el localizador de un billete para Estambul. Con un mensaje sucinto.

> *No vuelvo a Madrid hasta dentro de tres meses. Necesito, de verdad, verte. Sé que del 15 al 21 no tienes ningún compromiso, prometo dejarte escribir todo lo que quieras. Perdona este atrevimiento, pero sabía que me dirías que no y necesito que me des la oportunidad de conocernos. He reservado dos habitaciones en el Pera Palace. Recalco lo de dos habitaciones. Solo quiero pasear contigo por el Gran Bazar y cenar al borde del Bósforo. No hace falta que me contestes, estaré esperándote en el aeropuerto; si no vienes, no lo soportaré, pero aunque me dijeras que no vas a hacerlo, estaré esperando, por si acaso.*
>
> *Öpme öpme,*
>
> *A.*

Aquel mail me convenció. Sobre todo porque yo sí que necesitaba verle tanto como huir. Sus notas se habían convertido en parte de mi vida, que en ese momento no era precisamente excitante.

Su actitud me había gustado y ese punto misterioso tan novelesco de proponerme el juego de ni siquiera contestar, de que él asegurara que estaría esperándome, me parecía perfecto, muy excitante.

—A mí me pondría de los nervios. Vamos, que no puedo entender cómo se te ocurre ir. —El sentido común de Sandra era aplastante.

—Sandra, es que a ti lo del riesgo no es una cosa que te atraiga mucho... Aunque en este caso quizá tengas razón, yo tampoco sé cómo me he metido en este lío. No creas, estoy de los nervios —tuve que reconocer.

—Mira, a veces no lanzarse de cabeza es bueno, especialmente si no está claro que la piscina esté llena.

—Ya pero es que si no, pasarse todo el día guardando la ropa puede ser muy aburrido. A mí ya sabes que la aventura siempre me ha gustado.

—Sí, sí... No es necesaria esta aclaración —respondió Sandra, sarcástica.

—Pues eso, me parece muy romántico. ¿Y qué es lo peor que puede pasar? ¿Que no esté esperándome cuando llegue? ¿Que pase de mí, que se haya muerto, que haya un atasco y no llegue a tiempo y no nos veamos nunca más? Pues mira, me paso unos días allí y listo.

—Pues sí, ¿para qué voy a insistir? Si nunca en tu vida me has hecho caso...

—Oye, eso no es verdad, a veces te hago caso.

—¿Cuándo?

—Pues... No sé, no me acuerdo, pero seguro que una vez te hice caso, seguro —intenté zafarme de la discusión con una carcajada.

—Yo no lo recuerdo, pero tampoco lo espero, supongo que nos queremos por eso.

—Sí, pero si yo sé que muchas veces a ti te parece estupendo lo que hago, pero ya tenemos asumidos los papeles... —repliqué.

—Sí, yo soy Pepito Grillo y tú Pipi Calzaslargas.

—Pues sí. ¿Y sabes qué te digo? Que estoy deseando que un día vengas y me digas, no sé: «Me he enamorado de un chico de veinte años y me voy a vivir a Tarifa a hacer surf», o algo así. Y que tenga que aconsejarte yo que no.

—Surf, sí, me pega mucho lo del surf.

—Pues por eso. Si no, no sería una locura.

—Oye, te tengo que colgar, que acaba de llegar mi jefe y huyo con él, ahora, en un ratito, a hacer surf a la Polinesia. Te llamo en estos días. Cuelgo, que me va a pillar y ya sabes cómo es de encantador.

Aunque me resultaba fácil esquivar las estocadas de sentido común de mi amiga, eso de no tenerlo todo controlado me daba vértigo. Ambas exagerábamos nuestros roles, pero en el fondo las dos habíamos sido siempre mucho más cabales que el resto de la gente que nos rodeaba. Sí, yo habitualmente había tendido más al cambio, a lanzarme sin pensar demasiado en las consecuencias, pero no era decir mucho si poníamos como referencia a Sandra. Nos habíamos conocido el primer día que entramos en la Facultad de Periodismo de Madrid. Nos sentamos juntas en clase y a partir de aquel momento fuimos forjando una amistad profunda. Durante todo aquel curso nos hicimos inseparables y ella, como entonces ya era novia de Pablo, se convirtió en una especie de hermana mayor que me aconsejaba, con su experiencia, en las relaciones con los chicos (en aquel tiempo llevar tres años de relación con alguien, como ella con Pablo, era el colmo de la sabiduría). Tenía una manera de ver la vida tan directa, tan sencilla que a mí me hacía sentir muy segura.

Al año siguiente dejó la facultad para estudiar Medicina, pero seguimos siendo íntimas. No tanto de salir por la noche o de hacer planes en grupo porque en el fondo teníamos amigos y aficiones muy diferentes, pero sí a la hora de contarnos problemas, de charlar sobre el futuro o la forma de entender la vida. Supongo que a mí ella me daba una especie de serenidad y que sustituía, si nos ponemos psicoanalistas, la figura de Bárbara, esa hermana mayor con la que nunca he tenido mucha relación. En el caso de Sandra, imagino que le aportaba una forma de entender las cosas que se salía de lo establecido. Como decía Juan, éramos un buen equipo. Y en el fondo, muy similares. Yo estaba muerta de miedo pensando en todo lo que podía salir mal en ese viaje a Estambul, la diferencia estaba en que yo me arriesgaba a ir y a Sandra jamás se le hubiera pasado por la cabeza ni siquiera entrar en esa aventura.

Por mi parte, dándole vueltas al «juego», admiraba la templanza de Alberto. Yo no hubiera podido estar una semana sin saber si alguien que me interesaba, como parecía que yo le gustaba a él, iba a venir o no a una cita; y la idea de estar esperando a la salida del vuelo y que por lo que fuera llegara más tarde o saliera por otro lado me hubiera matado. De hecho, siendo yo la que tenía que viajar, tuve unos días de un nerviosismo que rozaba la paranoia. Tuve que atarme las manos para no comunicarme con él hasta el momento de «ese primer viaje juntos». Sabía que si actuaba así, todo iba a ser más excitante y conseguí que mi fuerza de voluntad mandara sobre mi carácter pesimista. Durante el vuelo a Estambul recuerdo que empecé a pensar en todo lo malo que podía haber sucedido durante ese tiempo de silencio.

Él tampoco me había escrito, siguiendo el juego, pero cuando despegamos de Barajas, una serie de preguntas empezaron a golpearme, ya no podía controlar mi mente: ¿y si se había muerto? ¿Y si pensaba que no iba a ir y lo del email era una tontería y solo yo había considerado todo aquello un juego? ¿Y si...? ¿Y si...? Cuando aterricé estuve a punto de mandarle un mensaje, pero ¿para qué?, pensé. Ya estaba en Estambul, a las malas, si no estaba en el aeropuerto, sabía que teníamos reserva en el Pera Palace (si Alberto no había muerto en un accidente antes de viajar a Turquía, claro). Así que aguanté. Cuando le vi esperando, con ese traje Burberry gris, su camisa celeste que resaltaba ese bronceado tan atractivo y el pelo algo alborotado, nervioso, mirando su Tag Heuer y con una ansiedad que jamás hubiera imaginado en él, me di cuenta de que ya no había marcha atrás. Me miró y estuve a punto de echar a correr hacia sus brazos, pero aquello era demasiado bonito como para convertirlo en un anuncio de colonia barata. Nos abrazamos y respiré, por fin.

Capítulo 4

Hacía trece años que había ido a Estambul. Aquella vez me había alojado en el Hilton y al Pera Palace había ido simplemente a tomar el té. El aire decadente, saber que había sido el hotel favorito de Agatha Christie y de la mayoría de los escritores que habían pasado por aquella ciudad me habían hecho verlo siempre como uno de esos lugares a los que tenía que ir, pero Manuel, mi novio de entonces, era demasiado práctico y acabó convenciéndome de que «esos hoteles con sabor son para cenar, para tomar un té, pero luego las camas son incómodas, las duchas no tienen potencia... Vamos a estar mucho más cómodos en el Hilton». Yo, en esa época, era de poco protestar y accedí sin rechistar; eso sí, al volver a Madrid rompí con Manuel, quien, por cierto, entre todos mis novios siempre había sido el favorito de Sandra.

El viaje había sido un infierno, una especie de gymkana de la que volví agotada. Así que mejorar ese recuerdo de Estambul no era complicado. Más que nada porque había pasado a toda prisa por delante de lo que realmente me interesaba: el Gran Bazar, los cafés de la parte antigua, algunas tiendas de antigüedades, hoteles como el Londres, que parecían sacados de

Asesinato en el Orient Express. A Manuel solo le interesaban los monumentos de postal, algo que yo nunca había entendido: la mezquita Azul era muy bonita, pero, como le dije cuando ya no podía más con sus explicaciones, ya la había visto mil veces en los libros de historia y no tenía mucho interés en perder dos días visitándola. Estaba claro que nuestras visiones del mundo en general y del turismo en particular no eran en absoluto parecidas. Y con el tiempo me di cuenta de que mi reacción era quizá exagerada, pero en los viajes y en los pequeños detalles es donde deja uno salir lo que realmente siente. Con los años ha mejorado mi opinión sobre Manuel, probablemente era yo la insoportable en aquel tiempo... y él cuente el viaje a Estambul como un infierno con una jovencita caprichosa que se creía muy lista.

Con Alberto todo fue distinto y podría decirse que casi perfecto. No es que fuéramos almas gemelas, es que hay cosas que es imposible que no te fascinen. Las estancias del Pera Palace no eran como las recordaba, porque después de la remodelación habían perdido mucho de su sabor, pero las vistas al Bósforo, esos servicios de desayuno de plata y esos empleados a la antigua... Era difícil no estar a gusto en un sitio así. Y Alberto tenía ese *savoir faire* perfecto para el lujo turco. Un poco afectado para una casa de campo en Guadalajara, pero que, en su marco adecuado, era de lo más atractivo.

Me encantaron esos detalles a la antigua, que yo solo recordaba haber visto hacer a mi padre. El sobre para el botones, nada más llegar, con la propina correspondiente a toda nuestra estancia; cómo entregaba su tarjeta a la puerta de algún restaurante de moda en el que no habíamos hecho reserva. Sí, tonterías pensándolo ahora, pero gestos que había olvidado, que no había vuelto a vivir desde que, a los veinte años, decidí dejar de viajar con mi familia. Detalles un paso más allá de retirarte la silla cuando vas a sentarte, cederte el paso en una puerta o en una acera estrecha, andar por el lado más cercano a la carretera. Desde hacía algunos años buscaba la compañía de hombres que no tuvieran nada que ver con todo aquello. Juan, por ejemplo, era la antítesis del caballero a la antigua. Arquitecto, apasionado por el arte, con magníficos modales, pero en absoluto preocupado por asuntos de ese tipo. A mí me había atraído su forma de ver la vida, ese aire despistado, intelectual, y sabía que no se habría entendido con mi padre. Con el registrador de la propiedad cabal, eso sí, culto, leído, amante del arte, pero muy expeditivo en algunas cosas, aunque igual de idealista y de poco práctico en otras, como Juan, aunque yo no aceptara que en el fondo tenían esos puntos parecidos.

Mi padre podía preocuparse por detalles como bajar las escaleras delante de una dama por si esta se caía. Las probabilidades eran mínimas, pero el gesto daba una idea de un cuidado que solo pude apreciar con el paso de los años. Tanto como cuando Juan me decía que en sus meditaciones dedicaba diez minutos diarios a llenarme de luz.

Con Alberto me percaté de que todo aquello a lo que no había dado importancia y que me parecían costumbres burguesas inútiles eran, como siempre había dicho mi padre, simples normas para hacer la vida más fácil al otro. «Marta, la educación es eso, detalles que ayudan a convivir y a que los demás se sientan mejor». Y en la adolescencia le respondía, con mis ideales revolucionarios de salón, que no, que era una manera de diferenciar a la gente, que no todo el mundo sabía usar la paleta de pescado. Él simplemente me decía que cuando creciera me daría cuenta de lo agradable que son algunas cosas pequeñas, en especial, las que aparentemente son más inútiles.

Tenía razón. Cuando con Alberto reviví esos detalles, me sentí en el hogar. Mi padre había sido un hombre sobrio, no especialmente guapo, en absoluto seductor, nada que ver con él, pero había algo en su esencia, quizá esas formas, que me daba seguridad.

Alberto era de esos hombres que te empujan a arreglarte para salir con ellos o a que te cambies tres o cuatro veces al día de modelo, entre otras cosas porque tienen planes que lo exigen, dejando a un lado que quieras parecer una diosa para ir a su lado. En ese viaje a Estambul fue así exactamente. Elegía uno para dar una vuelta por la mañana, pasear por la ciudad e ir al Gran Bazar, otro para tomar una copa por la tarde y el modelazo para ir a cenar. Durante años había rechazado todo eso, estaba demasiado ocupada forjando una carrera literaria y trabajando para ser una periodista de éxito como para que vivir la vida de las chicas florero me pareciera interesante. Pero no lo podía evitar. Encontrar el atuendo adecuado para cada ocasión es todo un trabajo. E igual que me podía pasar días sin dormir hasta encontrar la clave de un reportaje, era así de perfeccionista en ese nuevo papel junto a Alberto. Mientras elegía un conjunto informal pero de elegancia colonial para acompañarle en nuestra primera tarde en Estambul, durante su búsqueda de antigüedades por el Gran Bazar, le mandé un mensaje a Sandra.

> *Para el paseo matutino he optado por un* look *Katharine Hepburn. Camisa de lazo blanca, pantalón ancho blanco y zapato plano. Lo de la pamela me parece un poco excesivo, pero lo barajo. El Pera Palace induce a ello y este hombre también... ¿Te acuerdas del vestido que me compré para la última entrega del Premio Biarritz, que me parecía demasiado? Pues ayer me lo puse para cenar. El suelo de Estambul no es el más adecuado para los tacones que me regalaste. Ayer estuve a punto de romperme la pierna derecha. Empedrado y tacón de aguja nunca fueron buenos amigos. Pero hoy Alberto ha decidido contratar un chófer, yo lo agradezco.*

Sandra me seguía el juego en sus respuestas y yo sabía que estaba contenta, que prefería que estuviera en Estambul cambiándome de modelo tres veces al día que en casa metida en la cama, llorando por el fracaso de mi matrimonio con Juan. Pero Sandra me conocía y terminaba todos sus mensajes con un: «Cuidado con el cuento de hadas». Lo hacía en tono de broma, pero estaba claro que no lo era del todo.

Yo le agradecía su interés y que se tomara la molestia de ser mi Pepito Grillo particular, pero no le hacía ni caso. En aquellos meses opté por evadirme, no pensar demasiado, pasar de puntillas y refugiarme en teorías que ella escuchaba paciente y con las que asentía con un: «No, si no digo yo que no». Yo le decía que no fuera tan dura conmigo, que en la vida todo el mundo, en el fondo, interpreta un cuento. Que ese descodificar todo en términos de «Voy a ponerme un vestido a lo Doris Day para tal fiesta» o «para el Día Nacional de Italia voy a ir un poco a lo Sophia Loren» no hacía daño a nadie. Y Sandra, que era implacable, remataba con un «excepto a ti misma».

Para ir al Gran Bazar me puse unos vaqueros y una camisa de seda que llevaba guardada en el armario desde hacía tiempo. Mi vida social durante la etapa previa a mi separación había sido nula. Así que cuando hice la maleta me volví a encontrar con ropa que hacía mucho que no usaba. Juan y yo nos habíamos acostumbrado a estar a gusto viendo la tele y haciendo aquel equipaje caí en la cuenta de que casi todo el vestuario que había comprado durante los últimos dos años era para estar en casa. Pantalones anchos, camisetas, pijamas. Afortunadamente, tenía un fondo de armario extenso y tampoco el viaje era tan largo.

Después de desayunar en la terraza de la habitación y de dar un paseo rodeando la mezquita Azul, llegamos al mercado. Nos acercamos directamente a un puesto en el que Alberto había estado otras veces. Un anciano diminuto le saludó, sin demasiadas confianzas, pero reconociéndole. A Alberto, según me había contado por el camino, le interesaban especialmente los textiles y yo, que, seamos sinceros, le había visto cuatro veces, no tenía ni idea de su forma de negociar para comprar un suzani o un kilim antiguo. Después de seis tés de manzana y hora y cuarto de ver telas, empecé a darle vueltas a dos ideas. ¿Sería un problema mío eso de aburrirme en los viajes a Estambul? Quizá yo era la rara y lo normal era visitar palmo por palmo la mezquita Azul o pasarse una hora y pico en un cuchitril del Gran Bazar... ¿O se trataba de que elegía mal a mis acompañantes?

Tras un buen rato pensando en ello, cambié de tercio. Intenté concentrarme en lo que estaba viendo. El vendedor había sacado toda su mercancía. Alberto iba separando en un montón enorme lo que quizá podría interesarle. Después de una primera criba, le hacía enseñarle todo lo de la montaña de telas, descartaba alguna cosa, pero volvía a interesarse por una que ya había despreciado. Yo observaba la escena entre avergonzada (al fin y al cabo, yo era su acompañante y sabía que el regateo era un proceso largo, pero aquello me parecía demasiado) y fascinada. ¿Cómo era posible que tuviera la templanza para pedirle a ese hombre que sacara todo y lo volviera a meter? Me recordaba a las escenas de Sissi emperatriz escogiendo vestido, con su doncella doblando lo que ella tiraba, o al gran Gatsby en aquella imagen en la que sacaba todas las camisas del armario... Media hora más tarde, parecía que, por fin, sobre un precio aproximado, Alberto había decidido lo que quería. El vendedor volvía a hacer la cuenta y entonces comenzaba el proceso de nuevo. Alberto apuntaba en la calculadora otra cantidad, el comerciante subía un poco, Alberto quitaba un par de piezas del montón que iba a comprar, el mercader ponía otra cifra, él discutía el precio, cogía una de las telas desechadas, ofrecía un dinero... Cuando parecía que habían llegado a una entente, de repente, Alberto recuperaba uno de los tejidos que había dejado atrás al principio... Uno muy caro, que aumentaba enormemente el montante total.

El tendero le miraba como diciéndole, más bien gritándole: «¡Serás cabrón!», y yo, que no llevaba cuarenta años en el Gran Bazar, también estaba a punto de exclamarlo; estaba claro, esa tela era la única que le interesaba, esas dos horas de negociar habían sido simplemente para agotar al vendedor, para demostrarle que sabía apreciar la calidad, que cuando le preguntara cuánto costaba ese kilim del siglo XIX, que él supiera que no debía engañarle. Le había estado mareando, mostrando su indiferencia, haciendo como que nada le importaba, que estaba en su local porque no tenía otra cosa que hacer. Yo, en ese instante, me sentía feliz, por fin íbamos a salir de allí. Pero no, el asunto se complicaba, el comerciante parecía muy ofendido, Alberto más y después de oírles hablar en turco, sin tener ni idea de qué decían, Alberto me cogió del brazo y me dijo: «Vámonos». Yo no daba crédito, le miré furiosa.

—¿Que nos vamos? ¿No te llevas nada? —Era evidente que no iba a comprar nada, pero aun así no me lo podía creer.

—Sí, nos vamos, no voy a pagar eso por ese kilim —contestó muy serio mientras salía, sin despedirse, y yo esbozaba una sonrisa al vendedor que estaba empezando a recoger, sin inmutarse—. Ya vendremos mañana, si no nos empieza a perseguir en un rato.

—¿A perseguir? No, tú sabrás mucho de regatear, pero ese hombre no te va a perseguir. ¿Y mañana? A ver,

¿a ti te interesa ese kilim o no? Si te interesa, cómpralo y listo, por Dios, no era nada caro.

—Me interesa si está al precio que quiero, si no, no me interesa, me da exactamente igual. Él tiene algo que perder, no vender esa pieza, yo, nada. Así que tengo todas las de ganar, incluso si no me lo llevo.

Yo no entendía nada: la duda estaba en si pedirle que me lo explicara o tomarme todo aquello como una aventura y una especie de lección vital. Opté por lo segundo y no pude por menos que reconocer que Alberto no era un hombre con el que una se aburriera. Acababa de regatear exactamente igual que coqueteaba. Yo me había pasado toda la noche en Guadalajara convencida de que estaba loco por Miss Siria, seguramente ella pensaba que la que le gustaba era Miss Indonesia y ella, que le volvía loco yo. Había mostrado un cierto interés por mí, pero mucho más por ellas. Yo era el kilim valioso y ellas, los instrumentos para luego regatear. El truco estaba en la paciencia, el hacer ver que uno no tiene nada que perder, que el vendedor es el que pierde. Obviamente, yo no podía regatear y por eso no había sido nunca una gran seductora. Siempre pensaba que el otro iba a vender lo que yo quería o que el hombre que me gustaba se iría con otra. Yo, que jamás había apreciado el asunto de la seducción de Oriente, empezaba a verle su sentido. Era un recurso de manipulación psicológica que, pensé, debería estar prohibido por la convención de Ginebra... o enseñarse en las escuelas, pero de todo el mundo.

Yo, tonta de mí, mientras sorteábamos las callejuelas del bazar y a los vendedores que nos ofrecían perfumes, plata, kilims, especias... miraba de vez en cuando hacia atrás para ver si el vendedor nos perseguía. Pero no. Era perro viejo y probablemente sabía que aquel español volvería al día siguiente y que aquello no era una venta de aquí te pillo aquí te mato, era una relación con visos de convertirse en algo serio.

Una vez fuera del Gran Bazar, sentados en el café Pierre Loti, en los jardines del cementerio de Eyüp, y mientras fumábamos narguile y bebíamos té de manzana, le expliqué parte de esta teoría a Alberto. Él me miró sonriendo, con ese gesto en el que los ojos se le convertían en alfileres verdes y que le daba un aire infantil, y me agarró la nuca para acercarme a él y darme un beso largo y húmedo, luego otro en la frente:

—Claro —me dijo—. Por experiencia te digo que la seducción oriental no tiene que ver con las artes amatorias, todo está conectado. Está relacionada con el deseo, con provocar y ralentizar el deseo. Ese es el secreto. Y en el regateo igual.

—¿Por experiencia tuya como conquistador o como conquistado? —inquirí como si hiciera un simple juego de palabras, pero aquella pregunta tenía mucha más enjundia.

—Se empieza como conquistado y luego se aprende el juego para ser el conquistador.

—Ya... —No tenía mucho que añadir y tampoco me dejó. Me agarró por la barbilla y me acercó de nuevo a él. Un escalofrío recorrió mi espalda. De repente me vino la imagen de *Casablanca*. Pensé que era demasiado tópico, pero hay escenas que para qué va uno a cambiar.

Hacía muchos años que no tenía esa sensación de placer a flor de piel. Pero Alberto me había hecho volver a esa impresión adolescente de perder la cabeza con un roce o con un beso. Sandra, que sabía de mi facilidad para montar en el unicornio y volar hacia el País de Nunca Jamás, me decía: «No te engañes, que después de diez años con la misma persona, casi cualquiera te puede volver loca». Y a lo mejor tenía razón, pero eso no cambiaba que un roce de su mano en mi nuca me estremeciera o que, como aquella tarde, en ese café, cogiéramos un taxi, sin poder separar los labios, sin poder dejar de acariciarnos y llegar a la habitación medio desvestida y febril para tres horas más tarde quedarme dormida sobre su pecho feliz, cubierta con su sudor y exhausta de amor o de pasión. Sandra se reía de aquellas frases de título de culebrón que me salían cuando hablaba de mi relación física con Alberto, pero es que no encontraba otras palabras para explicarlo. «Exhausta de pasión». «Devorada de amor». Al final, la copla, el tango y los culebrones eran los que mejor definían esas conexiones desbordadas donde lo físico tenía un papel esencial. Y yo estaba viviendo una especie de renacimiento de mi parte más sensual de un hedonismo perdido en la rutina. Y no podía decir que no lo estuviera disfrutando.

Capítulo 5

Para el día siguiente, Alberto había reservado cita en el *hammam*. Habíamos estado a punto de cancelarla y quedarnos encerrados en la habitación del hotel. Pero él, aunque era un hombre apasionado, era más inquieto. Ya me lo había advertido: «De pequeño mi madre me ataba a un árbol, literalmente, cuando íbamos de excursión al campo porque no paraba y lo más probable era que me perdiera». Y de mayor no había cambiado, no podía estar quieto más de dos horas y siempre había algo que ver, algo que probar o algo que descubrir. Así que fuimos al *hammam*. Además parecía un buen colofón a una tarde de desenfreno sensual.

A mí todo ese mundo de los cuadros de Alma-Tadema, de las odaliscas tomando las aguas, masajeándose y disfrutando del calor seco y luego del agua, me parecía precioso, muy evocador, pero vivirlo en carne propia... Había hecho la reserva en el más antiguo de la ciudad, en el que visitó en su momento Ingres. Su amor por la tradición le llevaba a buscar siempre lo más auténtico, que no siempre era lo más limpio.

El edificio era maravilloso, pero a mí las medidas de higiene no me parecían las más adecuadas y el calor... pues me baja la tensión.

Nos separaron a la entrada, a él le llevaron a la zona masculina y a mí a la femenina. El lugar estaba lleno de señoras turcas mayores, enormes, tremendas. La imagen de la joven de pelo largo ungiéndose con aceites y ofreciendo un espectáculo de belleza pura no tenía nada que ver con aquello. Para mi consternación, aquel era un *hammam* muy popular, demasiado, de hecho, y yo no estaba para reportajes naturalistas... Mientras dejaba mi ropa en una taquilla y me ponía unas sandalias de plástico, mandé un mensaje a Sandra.

> *En el* hammam. *Todo superideal, supongo. Intento pensar en algo más sensual, pero a mí me dan un asco que me muero las zapatillas de plástico húmedas que sabe Dios quién se habrá puesto antes y* recostarme *en una piedra mojada, donde se ha sentado gente desde el siglo* XVI *me da cosa.*

La respuesta de Sandra fue:

> *Pero mujer, sal de allí. Que hay un* hammam *en el Four Seasons que se te va la cabeza. Limpísimo, con albornoces ideales y productos de Shiseido en plan regalo. Déjate de costumbres locales. En el último congreso médico me llevaron ahí. Pues vaya con el príncipe azul.*

Yo respondí con un escueto:

> *Es que le gusta la tradición.*

El olor a algo así como jabón Lagarto taladraba la pituitaria. Era sosa y, sí, era consciente de lo buena que resultaba para la piel, pero yo hubiese preferido algo menos agresivo. Una de las empleadas del *hammam*, una señora de unos sesenta años robusta y con pinta de tener una fuerza sobrehumana, se acercó, me cogió de la mano y casi me obligó a tumbarme. Pretendía frotarme con el mismo guante de crin con el que había exfoliado a una señora que ahora se refrescaba con agua que había recogido en un cubo de plástico. Yo al principio me negué, sonriendo, pero ante la insistencia casi agresiva de la masajista, le cogí el trapo aquel, como si fuera un arma, y salí corriendo de la sala. Fue un acto reflejo, como si arrebatándole el artefacto con el que pretendía renovarme la piel pudiera evitar su empeño. Me metí en una de las duchas, me sequé con mi propia ropa y me vestí rápidamente.

No quería, por supuesto, que Alberto supiera que ese tipo de tradición no me entusiasmaba, no tenía confianza con él como para explicárselo. Así que, en vez de esperar en las zonas comunes, lo hice en la dedicada a las mujeres. Pedí un té y allí estuve durante la hora y media que él dedicó a masajes, baños y calores, sin hacer nada, tumbada y viendo el panorama que me rodeaba. Intenté disfrutar, pero era incapaz de hacerlo. Empecé a pensar en Juan (algo que en los últimos tiempos había evitado con gran éxito, pero se ve que el trauma del *hammam* me había dejado con las defensas mentales bajas), en dónde estaría, qué estaría haciendo. Y, de repente, me vino a la cabeza la idea de que ese silencio, ese «no estemos en contacto» y esa huida tan repentina eran un poco raros. Me entró una angustia que empezó a tapar el cierto sentimiento de culpa que me estaba invadiendo por estar con Alberto en Estambul. Llamé a Luis, que estaba al corriente de mi viaje a Estambul y de toda la historia. Éramos amigos desde la infancia y toda la vida nos habíamos aconsejado mutuamente. Sandra era una especie de Pepito Grillo que me ponía en la tierra y Luis también, en cierta forma, pero su manera desenfadada de ver la vida me servía muchas veces para desdramatizar la mía y siempre para que me diera la visión masculina de las cosas.

—La princesa otomana ha interrumpido su pasión turca para llamarme. ¿Cómo estás?

—Bien, muy bien, esto es precioso, te llamo desde un *hammam*. Lo estoy pasando genial.

—Así me gusta, disfrutando. Qué bien que me llames. No hay ningún problema, ¿no?

—No, no, todo está fenomenal, ya te contaré, pero muy bien. Oye, ¿tú crees que Juan está con otra?

—¿Juan? ¿Tu Juan? —Y se empezó a reír.

—Sí, no le veo la gracia.

—Pero ¿a qué viene esto? ¿Ha pasado algo?

—No, que me ha venido la idea. No sé, eso de irse de repente, de que no nos hablemos... De pronto he pensado que no era normal, que es lo típico que hace uno cuando tiene un amante, y tú, como hombre, puedes darme tu punto de vista.

—Bueno, lo de un amante e irse y tal... como tú, ¿no? —dijo con su risa irónica de no me vengas con tonterías.

—Ya, ya, ya sé que vas a decir que todo esto viene porque me siento culpable y es un recurso para justificar que me lo paso bien. Deberían prohibir los cursos de *coaching*, de verdad.

—Oye, que fue uno de dos días, pero vamos, no hay que ser Freud para pensar algo así. Pues mira, no sé. Lo mismo sí. ¿Y?

—Pues que... sí, ya, no puedo decir nada. Pero sentir, sí, ¿no? ¿O tampoco?

—Tú puedes sentir lo que quieras, pero mi consejo es que o te vuelvas a casa y le digas a Juan que es el hombre de tu vida o, si no es lo que quieres hacer, te centres en lo que tienes delante o cerca, vamos en Álvaro.

—Alberto, se llama Alberto.

—Pues eso. ¿Tú te lo estás pasando bien?

—Sí.

—Pues disfruta. Y ya está.

—Vale, vale. ¿Tú cómo estás? ¿Cómo va lo de la inmobiliaria?

—Nada, es largo de contar, ya te haré un resumen. Pásalo bien y ya hablamos a la vuelta, pero todo va bien. Venga, date un baño turco de esos y deja de no disfrutar, por Dios, que eres muy pesada.

—Vale, oye, un beso enorme.

—Otro para ti y saludos a Antonio —se despidió muerto de risa; aquella broma de los nombres de los novios era algo que hacíamos desde pequeños, siempre fingíamos que no sabíamos cómo se llamaba nuestra pareja. Ese humor de niños de doce años seguía siendo uno de nuestros puntos en común.

Colgué y me llamaron por megafonía. Era Alberto que salía luminoso, resplandeciente.

—Estás impresionante. Cómo te ha sentado de bien el baño. Es increíble, ¿verdad? —me dijo.

—Sí, sí, he salido como nueva. La exfoliación me ha activado totalmente, soy otra —mentí descaradamente.

—Sí, es algo físico, pero también espiritual, te renueva, te hace dejar atrás lo malo. Hace que los pensamientos negativos se queden ahí, disueltos en el agua —contestó feliz.

—Sí, sí, yo he salido y todo el rato pensando cosas buenas —repliqué muy seria, con la idea de que algo de lo que me había dicho Luis no acababa de encajarme.

Pero un instante después se me borraron realmente todos aquellos pensamientos extraños. Alberto no me había contado los planes del día, iba sorprendiéndome cada minuto. Afortunadamente la siguiente noticia era magnífica: ir a una degustación al Four Seasons. En ese instante pensé, y le hice saber, con un fervor que me salió del alma que la tradición me parecía maravillosa, pero que lo que más me gustaba de Oriente eran cosas como el Four Seasons. Él se rio y yo le advertí, por si me había pasado con el entusiasmo, que exageraba.

La cena, su manera de comportarse, la conversación, el vino, el Bósforo, el champán, el oporto y el Rolls que nos llevó de nuevo al Pera Palace me hicieron olvidar el guante de crin y las horas de regateo en el Gran Bazar. Alberto tenía esa facultad. Era capaz de hacerte relegar al fondo de la memoria las pequeñas disonancias. Con él todo era burbujeante, excitante, divertido, con un punto de fantasía y farsa que para mí, que siempre había sido tan responsable, era irresistible. Igual que pintarse los labios de rojo o ponerse tacones. Puedes no hacerlo, no pasa nada, pero si lo haces, el encantamiento es evidente. Alberto lograba que te sintieras elegante, guapa, seductora. No porque te lo dijera, sino porque hacía de cada plan una especie de escena de novela.

Y yo necesitaba vestirme, peinarme, maquillarme, ponerme lencería y matarme con mis tacones de aguja en el empedrado de la zona antigua de Estambul... En el fondo era algo infantil. Y cuando me descubrí mandando un sms a Sandra que decía: «Jamás creí que pensaría algo así, pero ¿la verdad? Que me hace sentir una princesa, como de los cuentos». Un mensaje al que ella me respondió con una pregunta que tenía un halo de profunda preocupación mal disimulada: «¿Pero qué te da? Estás totalmente abducida, cariño... ¿Dónde quedó mi Pipi Calzaslargas?».

Y es que no era únicamente una cuestión de hoteles fantásticos y cenas que parecían sacadas de una comedia romántica de Hollywood, ni de estar «deliciosamente exhausta de pasión». No. Quizá lo más adictivo, una vez pasada la primera fase de shock, era la sensación de conquista, de atrapar lo inasible. En toda relación, o al menos así lo había vivido yo, a medida que pasaba el tiempo, se empezaba a hablar de futuro, de amor, de unión... pero con Alberto era al revés. O para ser más exactos, a veces era absolutamente lo contrario y otras había una especie de luz al final del túnel, pero se apagaba muy rápidamente.

No era algo explícito, pero yo sentía que no debía hablar jamás de lo que íbamos a hacer. Era algo intuitivo, como el que ve una serpiente de pequeño y no se acerca. Si me hubieran preguntado ¿por qué no haces planes con él para Semana Santa?, no habría sabido qué responder, pero lo cierto es que con Alberto vivía constantemente como si estuviera con un enfermo terminal al que resulta poco delicado, casi insultante y muy desestabilizador, proponer un plan para dentro de una semana.

La primera vez fue allí, en Estambul. Estábamos paseando por la ciudad, todo parecía perfecto, Alberto me había agarrado por la cintura y charlábamos de tonterías.

—Me encanta el zumo de granada, es algo que echo muchísimo de menos cuando estoy en España, y mira que tenemos granadas, pero no se toman nunca así —decía Alberto mientras caminábamos por los embarcaderos del Bósforo.

—Bueno, en Almuñécar, que esa zona está llena de granados, hay una especie de chiringuito en el que hacen zumos de fruta y el de granada es la especialidad. Estoy deseando que llegue Semana Santa para ir —contesté yo. Y lo siguiente hubiera sido preguntarle qué planes tenía para esa época del año, pero no. Algo me lo impedía.

—Mira, fíjate qué cosa más curiosa, es la primera vez que veo en esta época del año a una gaviota volando así de bajo —respondió él con un interés desmedido por un hecho absolutamente nimio. Creo que si me hubiera dicho, para cambiar de tema, «Mira, un elefante volando», me habría parecido más natural.

—Ya, bueno, llevamos dos días viendo gaviotas volar a esa altura, no sé de qué te sorprendes —contesté yo en vez de: «Ojalá venga la gaviota y te asesine».

A lo que él, como si no se diera cuenta de la brusquedad de mi contestación, lo cual quería decir que sí lo había notado porque si no lo lógico hubiera sido contestar con un «¿Te pasa algo?», respondió, liviano, casual, encantado:

—¿Ah, sí? Me encanta lo observadora que eres, no me había dado cuenta hasta ahora.

Y yo, que nunca he sido de dejar las cosas a medias, me pasaba el día dándole vueltas a qué plan tendría para Semana Santa, por qué no me decía nada sobre ello y qué estaría haciendo mal para que no quisiera estar conmigo. Pero siempre había algo que me hacía cambiar de actitud. Aquel día, después del asunto de la gaviota, fue una de esas veces en las que el amor-odio se me disolvió. Fuimos a comer a uno de los restaurantes del Bósforo. Un pescado delicioso y una botella de raki. Y de repente lo dijo:

—Cuando hemos hablado de lo de las granadas, de pronto me he acordado de un sitio en Londres, un restaurante iraní que tiene el mejor fesenján del mundo, supera al de Teherán.

—¿Sí? Qué genial, pero les costará traer los ingredientes, ¿no? —Menos mal que había hecho hacía poco un reportaje sobre cocina exótica y lo del fesenján no me pilló desprevenida.

—No creas, algunas cosas las puedes encontrar aquí o en España; merece la pena conocerlo. ¿Te gustaría ir?

—Sí, claro, debe ser muy interesante y además nunca he probado la comida iraní. ¿El fesenján qué lleva exactamente?

—Pues carne o pollo, nueces y zumo de granada, es algo muy sofisticado, como todo allí. Me encanta esa mezcla de pasión y de sofisticación espiritual que tienen los persas, y su cocina es igual. Salvaje y delicada.

—Debe de estar riquísimo... ¿Por qué me miras así?

—Porque estás tan guapa, con el sol de fondo... pareces la virgen de un icono ruso.

—Ay, nunca me habían dicho algo así, no sé si tomármelo bien. ¿Un icono ruso? Bueno, gracias, supongo...

—Sí, sí, bueno, había pensado en la Inmaculada, pero no, demasiado inocente para ti... no... y estaba pensando, ¿qué te parece que cancele mi cita de mañana y nos vamos a Londres? Tú tienes libre hasta el 21, ¿no?

—Bueno, sí... pero... el billete... sí, qué más da. Vale, vamos a Londres a tomar fesenján.

Esa manera de improvisar, de seguir los impulsos, por una parte me ponía frenética, pero por otra respondía a mi naturaleza más profunda. La aventura. En toda su plenitud. Sí, claro, como decía Sandra: «Con dinero es muy fácil ser aventurero», pero no toda la gente con dinero tenía ese tipo de carácter ni se comportaba así. La famosa frase de que el dinero da libertad en este caso se cumplía al pie de la letra.

SEGUNDA PARTE

Capítulo 6

No sé si aquel era el mejor del mundo, porque yo nunca había tomado ninguno, pero estaba delicioso. El restaurante estaba en una callejuela de Chelsea, casi escondido. Tenía una mezcla de la decadencia de los desvencijados Chester británicos, las alfombras persas, por supuesto bastante raídas, y ese aire medio colonial, de un poso cultural eterno que tanto me gustaba. Yo lo había imaginado una especie de casa de comidas iraní, pero era más bien un bistró de moda. Eso sí, con comida tradicional.

Mientras saboreaba el fesenján pensaba que aquello era una especie de Botín o de Lhardy. Siempre me había llamado la atención esa filosofía tan aristocrática, de la que mi abuela me había contado mil anécdotas, consistente en pagar un dineral por la comida que en tu casa se hacía por dos duros. Mientras Alberto hablaba en farsi con el cocinero, me vino una ráfaga de la conversación de la mesa de al lado.

Él era un inglés que en su juventud seguramente había causado estragos, pero después de cumplir los cincuenta tenía el síndrome de Paul McCartney, empezaba más bien a parecer una dama británica. Ella era una chica iraní. De veintipocos. Con una belleza natural indudable y un cuerpo espectacular, pero el maquillaje excesivo estropeaba el conjunto. Ella saboreaba el fesenján con esa mezcla tan persa, en palabras de Alberto, entre lo salvaje y lo espiritual. Y mientras suspiraba como si estuviera teniendo un orgasmo y se chupaba los dedos —cosa que sería muy persa y muy sensual, pero a mí me daba un poco de grima—, decía: «Hummmmm, hace tanto que no lo tomaba. Sabe exactamente igual que el que hacía la cocinera de casa. En el palacio de mi abuela lo comíamos todos los domingos». No pude reprimir una carcajada. Alberto y el sumiller me miraron sin saber muy bien si me reía de algo que habían dicho. El camarero se fue y Alberto me miró divertido.

—¿Pero sabes farsi?

—No, no, perdona. Es que estaba oyendo a los de la mesa de al lado y me había hecho gracia una cosa; nada, una tontería.

—¿Qué era?

—Nada, nada, una bobada —respondí, consciente de que no iba a entender ninguna de las dos razones por las que había soltado la carcajada. Ni que era porque me recordaba a esos comentarios que mis tíos y mis padres hacían cuando iban a comer esos cocidos carísimos a Lhardy, que siempre terminaban diciendo: «Donde estén unos buenos huevos de Lucio o un cocido de Lhardy, que se quite lo demás», ni la otra razón tampoco iba a entenderla.

—Si no quieres compartirlo conmigo, vale. Pero me gustaría reírme contigo —dijo con un aire de ofensa fingida solo a medias.

—Nada, que la chica ha comentado una cosa de la cocinera de palacio y he pensado que hay que ver, que otra princesa iraní, que en ese país no dan abasto con las princesas.

Alberto me miró serio. Luego esbozó una ligera sonrisa, pero estaba claro que el comentario no le había hecho ninguna gracia.

—Ay, cómo sois las mujeres, qué mala eres —dijo, como bromeando.

—Y cómo sois los hombres, que os creéis cualquier tontería y os deslumbran los cuentos de Simbad —contesté en el mismo tono, para continuar con toda mi maldad—: Si no digo que no sean princesas. Si tienes cincuenta y dos esposas, al final hay un montón de príncipes y princesas, pero como yo estoy acostumbrada a la monarquía europea, el concepto es distinto, pero que a mí me parece muy bien y como método para ligar lo veo estupendo —concluí, quitándole hierro al asunto, pero convencida de que había dado en el clavo.

—¿Método para ligar? —preguntó, no sé si haciéndose el despistado o provocándome.

—Sí, claro, que no es lo mismo decir que eres una cazafortunas que una princesa que busca alguien de su posición, con todos los respetos por las cazafortunas y las princesas, que conste —bromeé—. Bueno, tú me dijiste que tuviste una novia que era princesa persa, ¿no? Así que conocerás mejor el tema, lo mismo me equivoco, yo hablo de oídas. Pero es que en la fiesta todas tus amigas eran princesas y cuando estuve en Goa, lo mismo, la que no era princesa era prima del maharajá de no sé qué.

—Bueno, novia no podía llamarse, pero sí, tuve un *affaire* con una princesa en Irán.

—Sí, por eso, algo me habías contado.

—Puede que sea un poco como los condes italianos.

—Sí, parecido. —Me reí—. Pero ¿viviste mucho tiempo allí, en Irán?

—Intermitentemente dos años. Estuve primero preparando y luego ya haciendo una ruta en moto por las montañas del norte. Pero conozco bien el país y hablo el farsi. Tengo muchísimos amigos allí. Son muy parecidos a los españoles, en el fondo. Les gusta disfrutar, incluso ahora, con este régimen; en las casas particulares se montan grandes fiestas. Creo que mis mejores amigos son iraníes. Y la gente más guapa que conozco es de allí. Y no hablo de mujeres nada más.

—Sí, los hombres tienen también fama de ser muy guapos, es cierto.

—Sí. Es una gente que te cautiva, si caes en sus redes, no puedes, mejor dicho, no quieres salir.

Mi animadversión hacia esas princesas exóticas, contra las que yo jamás había tenido nada que decir, incluso al contrario, venía de comentarios como ese. En el fondo, a mí que ellas dijeran que eran princesas me daba exactamente lo mismo, el problema era que Alberto, muy sutilmente, me hacía sentir como si jamás pudiera alcanzar ese estado de gracia, esa perfección como mujer, porque solo ellas sabían combinar genéticamente la sofisticación, la espiritualidad, el cosmopolitismo y la tradición.

No era cuestión de que fueran morenas, más inteligentes, más cultas, más delgadas... eso se podía arreglar con un tinte, con estudios, con un régimen. No, era una quimera racial, ellas eran capaces de tejer unas redes que yo, como europea, jamás iba a poder urdir. Pobres princesas persas, pero yo, sin conocerlas, les tenía ya una manía terrible. Irracional. Alberto y aquella pasión que me envolvía me hacían ser absolutamente visceral. Entendía que si me ponía a explicarlo, nadie iba a entenderlo, pero así eran las cosas con él.

Aquella cena culminó con Alberto llevándome en sus brazos hasta la habitación, por el pasillo del Dorchester. Uno de esos gestos exagerados, divertidos y teatrales de él que tanto me encandilaban.

Al día siguiente, Alberto se levantó pronto, tenía una reunión con alguien de la Organización Mundial de Turismo. Yo me quedé un rato más en la cama, la verdad es que prácticamente no habíamos dormido. Las lunas de miel son así. Pedí el desayuno al *room service* y dediqué la mañana a responder mails y aprovechar el wifi del hotel. Llevaba tiempo sin tener realmente casa y agradecía esas pequeñas comodidades, especialmente la bañera, donde me metí después para pensar en los temas que podía proponer a la revista, aprovechando el reciente viaje a Estambul. Ese rato de relax fue de lo más productivo. Terminé un par de artículos que tenía medio esbozados, envié nuevas propuestas y me empecé a preparar para el almuerzo. La idea era ir al Bibendum, el *oyster* bar del edificio Michelin. Uno de mis sitios favoritos del Londres que había conocido cuando estuve estudiando allí. El colegio adonde mis padres me habían mandado a estudiar durante un verano se encontraba muy cerca de aquel edificio derruido, lleno de mosaicos del muñeco de las ruedas, y a mí me encantaba acercarme a verlo. Años después, cuando había ido algún fin de semana o a pasar unas Navidades con Juan, vi que se había convertido en un restaurante moderno, de lo más chic, pero nunca llegamos a ir. Hacía ya casi cinco años que no iba a Londres y Alberto había reservado mesa allí.

Después de pasear por Chelsea bajo la lluvia, probamos casi todas las ostras posibles, bebimos champán y comimos pan con mantequilla. La combinación no podía ser mejor. En los postres, Alberto me propuso que volviéramos al hotel, susurrando un «Esta mañana me he ido contigo pegada a la piel». Casi no habíamos dormido y el roce de los labios de Alberto en mi mano me puso en el mismo estado que había tenido la noche anterior. Nos levantamos, nos besamos y nos abrazamos. Cuando entramos en el taxi miré la hora. Se nos había hecho tardísimo y teníamos una cita para tomar el té en casa de unos amigos de Alberto. Yo no los conocía, así que se trataba casi de una presentación en sociedad, no quería llegar tarde; aunque me costó convencer a Alberto, que estaba irreductible, finalmente nos encaminamos en taxi hacia Courtenay Avenue.

Nuestro anfitrión era sir Henry Stanley. Cuando vi la casa y salió a recibirnos al jardín, con sus setter laberal saltando detrás de él, entendí que Alberto me hubiera hablado con esa fascinación de él. Ese hombre enjuto, descuidadamente elegante, había seguido la estela de su tío abuelo, Stanley, el de «Doctor Livingstone, supongo». En la reunión estaba una amiga suya, lady Elisabeth Hamilton. Al verlos juntos parecían un matrimonio que llevaba unido toda la vida, con la misma complexión, una forma de vestir muy parecida y gestos similares. Stanley la miraba con arrobo, absolutamente enamorado, y ella le trataba con esa suave displicencia con la que la aristocracia británica se dirige a sus seres más queridos. Pero no, eran oficialmente «amigos». Según explicó Elisabeth después, mientras daba diminutos mordiscos a un sándwich de pepino que le duró toda la tarde, se habían conocido en Delhi, durante el tiempo en el que su fallecido esposo, lord Hamilton, había sido destinado como diplomático en India. Stanley viajaba frecuentemente por Asia y tenía casa en Chanakyapuri, en su mismo barrio, así que se habían hecho amigos y mantenían la relación desde entonces.

Estaba claro que Elisabeth había sido una mujer muy atractiva y su coquetería era innata. A sus alrededor de sesenta y cinco años, magníficamente llevados, dejaba claro que había causado estragos y que aún lo hacía. Eso sí, con un humor muy inglés y un punto de cercanía que ella achacaba a su origen español: su madre era asturiana y había conocido a su padre en Washington, en una fiesta de la embajada española. Lady Hamilton venía de una larga estirpe de diplomáticos.

—Henry y yo hemos tenido vidas paralelas. Cuando nos conocimos, yo era casi una niña, estaba recién casada y Henry era el típico aventurero que volvía locas a todas las mujeres, era uno de los hombres más populares de la sociedad de expatriados en India, pero a mí me asustaba, y además, debo decirlo, Gary me adoraba y yo no tenía ojos para otro hombre.

Pero... ¿qué estaba contando? Ah, sí, nos conocimos en los sesenta. Luego, en los setenta, volvimos a coincidir en Irán y después a nosotros nos destinaron a Estados Unidos y estuvimos un tiempo sin vernos. Pero mi viudedad coincidió con el triste divorcio de Henry. —Aquí Elisabeth hizo un silencio dramático, para remarcar que lo de triste lo decía con toda la ironía y la mala idea del mundo, estaba claro que «adoraba» a su exmujer—. Y, bueno..., a partir de entonces nos hemos frecuentado mucho más. Henry fue un gran apoyo cuando enviudé, debo decir.

En ese momento entró en la habitación un hombre que estaba claro que era el hijo de Henry, Arthur. Su aspecto le delataba y la indiferencia de Elisabeth también. Era evidente que se llevaban de maravilla, si no, ella se habría levantado y le habría saludado mucho más ceremoniosa. Elisabeth me recordaba muchísimo a mi abuela María Luisa. Como ella, había sido una mujer guapísima, que había viajado por todo el mundo y que tenía esa forma de ser que algunos podrían calificar de altiva, pero que, en el fondo, escondía una cierta timidez. Se parecían incluso físicamente, y aunque Elisabeth era mucho más joven, estuve a punto de preguntarle si se conocían.

Arthur entró atropelladamente, despeinado, como si acabara de levantarse. Cuando le vi entrar con el pantalón de *tweed* arrugado y ese jersey de *cashmere* con coderas, recuerdo que miré sus zapatos, esperando que llevara unas zapatillas de franela, pero no, tenía unos Blücher marrones, usados y llenos de barro.

—Perdonad, se me había olvidado por completo que hoy había invitados. Me he dado cuenta cuando he visto tu coche aparcado en la puerta de casa —dijo mientras besaba a Elisabeth, que estiraba ligeramente el cuello para facilitarle el trabajo.

—No te preocupes, Arthur, tu padre te disculpa y Alberto y Marta también, son de la casa. —Elisabeth era la anfitriona modelo y sabía perfectamente cómo contentar (y también humillar) a alguien. Era consciente de que a Alberto y a mí nos iba a gustar ese comentario, que le consideraran uno de los suyos. Mientras lo decía observé cómo me miraba de soslayo, como para comprobar cuál era mi reacción. Yo reconozco que estaba encantada. Ellos tres me parecían fascinantes, pero no quería que se me notara.

Elisabeth y Alberto llevaban la voz cantante en la conversación. Hablaban de viajes, de su afición por los caballos, del tiempo. Todos temas generales, sin entrar en demasiadas intimidades. Yo intervenía de vez en cuando, pero estaba feliz escuchando las historias de sir Henry y los comentarios ácidos de Elisabeth. Arthur parecía distraído, hablaba de vez en cuando para dar un apunte sobre algún viaje, un detalle sobre un país del que charlaban o rematar alguna de las bromas de Elisabeth.

La tarde estaba siendo muy agradable y me sentía a gusto, pero el culmen de mi simpatía por ellos llegó cuando sir Henry Stanley, hablando de la India de los sesenta y de la actual, dijo una frase por la que estuve a punto de aplaudir; no podía ser más oportuna después de la cena de la noche anterior.

—Lo que nunca he entendido ni en India ni en ninguno de esos países era la fascinación de algunos hombres por esas chicas que merodeaban por las fiestas de las embajadas y que decían que eran princesas. Las pocas de verdad que conocí jamás hubieran ido. Pero, sí, debo reconocer que en mis viajes me ha sorprendido más las reacciones de los occidentales en los países de África o de Asia que las costumbres de los habitantes de aquellos países.

Elisabeth volvió a mirar a Alberto, que lanzó una carcajada mientras apuraba su whisky, y ahí sí me pilló, nos cruzamos una mirada divertida y creo que fue en ese instante cuando comenzó nuestra amistad. Entre té con una nube de leche, *scones*, sándwiches de pepino y la chimenea humeante, fue entrando la noche y, aunque teníamos reserva para cenar en uno de los clubs que frecuentaban los caballeros de la Sociedad Geográfica, yo no quería irme. Me sentía como en casa. En un hogar extraño, pero era una de esas veces que te da la impresión de llevar toda la vida con unos recién conocidos y haber nacido casi en aquel lugar.

Arthur contaba la tesis del ensayo novelado que estaba escribiendo, que trataba sobre la India postcolonial. Estaba ensimismada con su relato de la relación, tan escandalosa en su época, entre lady Mountbatten y Nehru, lo explicaba con una pasión que daba igual que te interesara o no el tema. Yo no quería interrumpirle, pero llevaba varios minutos notando la vibración de mi móvil, que había silenciado al entrar en la casa, pero me extrañaba tanta insistencia.

Estaba preocupada, pensaba que podía ser Juan, que le hubiera pasado algo. Saqué un segundo el aparato y vi que tenía seis llamadas perdidas de un número largo; debía de ser de la revista. Estaba claro que se trataba de algo urgente, así que le tuve que interrumpir.

—Perdonad, acabo de ver que tengo varias llamadas perdidas de la revista, debería hablar con ellos, a ver qué pasa. ¿Puedo usar la biblioteca?

Arthur se levantó ofreciéndose a acompañarme.

—Esto del periodismo es como un sacerdocio, uno siempre está de guardia... —me dijo por el camino.

—Sí, sí, ya sabes cómo son en las revistas. O no. ¿Aparte de escribir novelas, colaboras en algún sitio? —pregunté.

—Sí, tengo una columna en *The Guardian*.

—Ah, bueno, pues entonces sí sabes a qué me refiero —dije riendo por mi torpeza, porque Arthur debía de ser un periodista famoso y yo no tenía ni idea, e intentado quitar hierro a lo que me estaba pasando.

Entramos en la biblioteca de madera. El sueño de cualquier bibliófilo. Con libros hasta el techo, ediciones cuidadísimas y una barandilla que rodeaba la parte más alta. El sitio no podía ser más acogedor. Las alfombras persas, las puertas indias y las esculturas que dejaban claro el espíritu viajero de los Stanley se concentraban en aquella habitación.

—Pero, Arthur, esto es una maravilla —exclamé, como una niña que acaba de entrar en la Casita de Chocolate.

—¿Verdad? Es mi habitación favorita de la casa. De pequeño entraba aquí y me sentía como en otro mundo. Este olor... —respondió, entrecerrando los ojos y aspirando. Con su casi metro noventa y esa complexión fibrosa de los ingleses tocados con la elegancia natural, ese gesto de Arthur resultaba entrañable. Me parecía estar viendo al niño que entraba por primera vez en aquella estancia.

—Sí, me encanta. Mi padre tenía en casa una biblioteca que, obviamente, no tenía nada que ver con esta, pero lo entiendo, a mí me pasaba igual. El silencio y el olor. Pero esto es una maravilla, es perfecta.

—Sí, esta casa era de Alma-Tadema, en origen. No es mérito nuestro.

—De Alma-Tadema, ¿el pintor? No me lo puedo creer. Pero entonces el cuadro que tenéis en el salón ¿es realmente un Alma-Tadema? Me había parecido, pero no estaba segura.

—Sí, sí, lo compró mi bisabuelo. No es que viniera con la casa, pero le pareció bonito tener un cuadro suyo en ella. Como ves, casi nada es mérito de nosotros aquí. Creo que el único cambio que hemos hecho ha sido construir la piscina y reformar el pabellón de invitados, que estaba muy estropeado.

—Es mérito vuestro haberla conservado así. Y las alfombras, esa cama india, las esculturas... Ay, ¡por favor! Esta escultura es preciosa —dije, señalando una cabeza que parecía de caoba.

—Sí, tócala. Es tan suave, mira —dijo, cogiéndola y acercándola a mí. La acaricié y era cierto. Tenía un tacto increíble. Me fijé en las manos de Arthur. Tenía unos dedos largos, estaban bien cuidadas, aunque con algunos cortes. Uno de ellos le estaba sangrando.

—Ay, tienes ahí, un poco... un poco de sangre... te has debido de cortar.

—No, no es nada, estaba en el jardín, pero no, no pasa nada.

—Pero ¿tú vives aquí?

—No, no, vivo cerca. En la que era la casa de mi tío bisabuelo, el del doctor Livingstone, bueno, ya sabes la historia... supongo... —dijo, haciendo el juego de palabras y sonriendo de medio lado—. Un día tenéis que venir a verla. No es tan grande como esta, pero tiene su encanto y el jardín es precioso. Además él fue corresponsal del *New York Herald* en España... Bueno, perdona, que te estoy entreteniendo, tendrás que llamar. Si necesitas cualquier cosa, llama a Patrick, el timbre está detrás de la puerta. Si quieres le digo que te traiga algo, ¿un *gin-tonic,* un té?

—No, no, por favor, no. Si va a ser un momento. Ahora voy con vosotros.

Me senté en un sillón de cuero medio roto, miré alrededor y pensé en Juan. Le hubiera encantado aquel sitio y aquella gente. Le eché de menos y un brote de congoja me subió hasta el lagrimal, pero no podía ponerme a llorar y no quería, por encima de todo. Lo intenté borrar de mi cabeza y fui a marcar el número de la centralita, pero me saltó un mensaje escrito: «Sé que estás de viaje, intento localizarte. Tu columna de mañana no va a salir. Ha habido recortes y tenemos que prescindir de todos los colaboradores fijos. Siento decírtelo así, me hubiera gustado hablar contigo, pero no quiero que te enteres por otro lado. Llámame cuando puedas, Cecilia». Cecilia era la jefa de la sección de estilo de vida. Tuve que leer el mensaje dos veces. Estaba claro, me echaban. Me quedaba sin trabajo, sin paro, sin nada. Marqué el número de Cecilia.

No había mucho que explicar. La columna dejaba de publicarse, los reportajes que ya había mandado sí saldrían, pero de momento no iban a necesitar más. Quizá más adelante ya me llamarían para hacer algún artículo. Colgué. Respiré hondo. Pensé en el dinero que tenía en el banco. Me di cuenta de que mis ahorros no llegaban a una cantidad de cuatro cifras y volví a la reunión. Alberto me preguntó si todo iba bien, yo respondí que sí, que una tontería de la revista, él bromeó:

—Bueno, a este paso voy a tener que empezar a comprarla.

—No, déjalo, ni yo misma la compro —le contesté despreocupada. Todos nos reímos y Patrick, el mayordomo, trajo el oporto.

Capítulo 7

La llamada de Cecilia, lógicamente, me había dejado descolocada. La reunión en casa de los Stanley había sido estupenda, pero el resto de la noche fue una pesadilla. A mí lo que me apetecía era desahogarme, contarle a alguien lo que me acababa de pasar y empezar a repasar opciones para encarrilar esta nueva vida. Al final, anulamos la reserva en el restaurante y cenamos con los Stanley. Yo dije que me había dado «una de mis jaquecas», que me pareció más fino que decir que me acababan de despedir, y en el fondo era cierto. Estaba destemplada y lo único que quería era meterme en la cama y no tener que fingir que no pasaba nada.

Durante un momento en el que Henry, Alberto y Elisabeth estaban enzarzados en una discusión sobre si se quedarían con Udaipur o Jaipur si tuvieran que elegir un solo destino en India, Arthur, que estaba sentado a mi lado, me susurró:

—¿Estás bien? Si no te encuentras bien, no te preocupes por Elisabeth y mi padre, lo entienden.

—No, no, estoy bien, nada, la cabeza —contesté rápidamente; él asintió con un gesto como disculpándose por haberle dado más importancia de la que tenía o más bien por haberse entrometido.

—Yo padezco de migrañas y sé lo terrible que es, por eso te preguntaba. A veces somos muy bulliciosos, no me extraña que tengas dolor de cabeza. —Esto último se lo dijo a todos, que se rieron, y Alberto me miró, debió de ver la mala cara que, al parecer, tenía y propuso que nos marcháramos.

Dormí casi diez horas. Nada más abrir los ojos vi a Alberto con el albornoz del hotel leyendo uno de esos enormes periódicos ingleses. Recién duchado, con la luz entrando por la ventana, aquella decoración atemporal, con un toque años treinta, y Hyde Park de fondo, me vino a la cabeza la imagen de Cary Grant. Sentí no tener un salto de cama de raso y unas zapatillas con pompón de marabú.

—Buenos días, mi princesa, pensaba que no ibas a despertarte nunca —me saludó sonriente, dejando a un lado el periódico y sirviéndome café.

—Estaba agotada, pero qué bien me ha sentado —contesté desperezándome—. ¿Tú no tenías hoy una reunión en la embajada de Egipto?

—Sí, pero la he anulado. Hoy es tu último día aquí, así que había pensado que lo pasáramos entero juntos. No quiero compromisos —dijo, acercándose a la cama y dándome un beso tórrido.

Dos horas más tarde, mientras nos dábamos un baño en el *jacuzzi* de la terraza cubierta, Alberto me quitó un mechón de la cara y se acercó de nuevo a besarme. Se separó un poco y dijo, muy serio:

—¿Realmente tienes que irte mañana?

—Sí, sí —respondí dubitativa. La verdad es que la razón por la que volvía a España era porque tenía que hacer un par de entrevistas, pero la llamada del día anterior dejaba claro que no era necesario.

—¿Pero esas entrevistas que tienes que hacer son muy urgentes?

—Hombre, urgentes, urgentes, no... ¿por qué lo dices?

—He estado pensando y al final parece que el proyecto de Turquía va a salir y debería quedarme aquí unas semanas, quizá un par de meses, con algún viaje suelto. No sé, había pensado que podías quedarte, si te apetece. Me pagan el hotel y a mí me encantaría.

—¿Te pagan una habitación, aquí, en el Dorchester, dos meses?

—No, no —respondió riéndose—. Ojalá, es en el Number Sixteen, que no es este, pero está muy bien también, aunque Henry me ha ofrecido su casa de invitados, si te quedas, estaba pensando que allí estaríamos más cómodos. No sé qué te parece.

—Pues no sé... La verdad es que me parece muy apetecible. Pero... no sé, no tengo ropa suficiente y debería dejar cosas arregladas en Madrid.

—La ropa no es problema. Aquí puedes hacer todo el *shopping* que quieras... —observó alegremente.

—Bueno, sí, pero con el cambio de casa, estoy teniendo muchos gastos y no estoy en mi mejor momento para ir de compras...

—Eso no es problema, pero de todas formas... mira, mi amigo Carlos va a venir la semana que viene, le puedes pedir a alguien que te haga la maleta y él la trae. Si queremos encontrar soluciones, las hay. La cuestión es que te apetezca —dijo un poco cortante.

—Sí, sí, claro que me apetece, pero necesito un poco de tiempo para pensarlo.

—Por supuesto. Voy a hacer unos largos en la piscina, ¿te parece? Y mientras te lo piensas.

—Hombre, no sé, me refería a quizá el día de hoy... no veinte minutos.

—Marta, no hay mucho que pensar. Pero si no quieres, lo entiendo. A mí me encantaría y te aseguro que no te vas a aburrir. —Me dio un beso y entró en la habitación. Yo me quedé allí, con mi taza de té en la mano, sin saber qué pensar.

Cuando Alberto se fue hacia la piscina, me sequé y empecé a valorar los pros y los contras. Sinceramente solo veía pros. Cogí el teléfono, recapacité un momento sobre el importe de la factura que iba a recibir con tanta llamada internacional y decidí que aquello era una emergencia.

—¡Marta! ¿Qué ha pasado? ¿Por qué me llamas?

—Ha pasado de todo. Lo primero, me han echado de la revista.

—¿Echado? ¿Cuándo? ¿Por qué?

—Ayer y el porqué, pues qué te voy a contar, los recortes, blablabla.

—Ay, Dios mío. Bueno, tranquila, no te preocupes, tú eres muy buena y vas a encontrar trabajo en dos minutos.

—Pues eso espero, porque lo que tengo ahorrado me da exactamente para eso, para dos minutos —bromeé, aunque se me hizo un nudo en la garganta.

—Mujer, tú por eso no te preocupes, que a nosotros, de momento, no nos han echado, así que no hay problema. Algo te veías venir, ¿no?

—Sí, pero no pensaba que pudiera ser tan radical.

—¿Se lo has contado a Juan?

—No, como no podemos tener contacto...

—Pero algo así... oye, ese tono, ¿a qué viene? ¿Ha pasado algo?

—No, nada, que yo no veo normal eso de no tener contacto en absoluto.

—Mujer, pues yo lo veo bien.

—Bueno, da igual, ya hablaremos de eso —le dije, evitando el tema de mi sospecha del motivo de la ruptura y la huida de Juan. Sabía que Sandra me iba a tachar de loca y que la conversación iba a ser larga e infructuosa. No era para tenerla al precio de una conferencia internacional—. Te llamo por otra cosa.

—Ah, que hay algo más, además del despido. Llevas unos meses que cada vez que veo que me llamas tengo que sentarme, yo no puedo más... —dijo medio en broma.

—Sí. A ver, te lo cuento rápido: Alberto se va a quedar a vivir unas semanas o lo mismo un par de meses en Londres y me ha propuesto quedarme con él. Yo el billete de vuelta lo tengo para mañana y no tengo nada concreto que hacer en Madrid.

—¿Y el billete lo puedes cambiar o lo pierdes?

—Lo puedo cambiar, tengo que mirarlo, pero creo que me cuesta como veinte euros cambiarlo.

—Si no tienes nada que hacer en Madrid... ¿Allí vas a gastar mucho?

—Eso es lo que me preocupa, aunque nunca me deja que pague, pero si me quedo no voy a vivir a sus expensas, y el problema es que vamos siempre a sitios carísimos...

—Yo pensaría principalmente en el dinero, porque lo demás... No estás en la otra punta del mundo. Si no estás a gusto, te vienes y listo... No sé. Tú tienes que decidir...

—Pero entonces no lo ves un disparate, ¿verdad?

—No, mujer, no es un disparate. Es estupendo. ¿Estás a gusto con él?

—A gusto no es la palabra... A veces estoy que no me lo creo y otras... tampoco me lo creo...

—Ya... Sí...

—Ay, perdona, que me está llamando, bueno, te voy contando, gracias, guapísima, un beso enorme.

Colgué y fui a coger la otra llamada en el teléfono de la habitación. Era Alberto.

—Marta, me acaba de llamar Henry, que insiste en que nos quedemos en su casa, además puede estar bien porque mi idea es trabajar con él en el proyecto que tengo para Turquía. Pero le he dicho que tengo que hablarlo contigo. Si no te quedas, prefiero estar en un hotel, es más cómodo. Pero si te quedas, estaremos mejor en su casa. Le he invitado, a él y a Elisabeth, a que vengan a comer con nosotros. No te importa, ¿verdad?

—No, claro, estupendo.

—¿Y entonces, te quedas?

—Alberto, han pasado cuarenta y cinco minutos, déjame que vea si realmente puedo, dame un poco más de tiempo.

—Sí, sí. Perdona. Solo quería que supieras que comemos con ellos. Iremos al Wilton's. ¿Lo conoces? He pensado que te gustaría.

—Nunca he estado, pero sí, sé cuál es, está en Jermyn Street. He pasado por la puerta alguna vez. Está al lado de una camisería donde mi abuelo encargaba ropa cuando venía a Londres, pero nunca he entrado. Estupendo, me apetece mucho conocerlo.

—Pues ahora subo a vestirme y en una hora vienen a por nosotros.

CAPÍTULO 8

Al final, me quedé en Londres. Una semana más tarde estábamos instalados en la casa de invitados de Henry. Una preciosa construcción de piedra, escondida entre los robles de la esquina norte del jardín, con dos dormitorios, un despacho, cocina, cuarto de servicio y un salón enorme lleno de libros. Las esculturas exóticas, las alfombras persas y los detalles asiáticos y africanos la convertían en una casa colonial. Con ese aire británico de maderas nobles y un poco sombrío, pero con todo el poso de una vivienda que podía estar en Londres o en la India de principios del siglo XX.

El espacio no podía ser más acogedor. Aunque al principio me sentía muy extraña compartiendo hogar con Alberto, pasaban los días y cada vez me sentía más cómoda. Tenía la impresión de estar jugando a las casitas. A unas casitas especiales, claro. Yo siempre me había sentido una privilegiada porque en mi casa, durante mi infancia, habíamos tenido servicio. Vicenta era parte de la familia. Cocinaba, limpiaba, nos cuidaba... y estuvo con nosotros hasta que se puso enferma y murió, en casa.

Pero con lord Henry Stanley era distinto. La suya era una mansión. Los supervivientes de la aristocracia británica seguían teniendo una forma de vida muy similar a la que llevaban dos siglos atrás. Henry tenía empleadas a dos doncellas, un mayordomo, un jardinero y un chófer. Y esa era solo la punta del iceberg de una manera de vida a la que resultaba muy fácil acostumbrarse.

Durante aquellos días recordé la primera vez que había convivido con un chico. Había sido con mi primer novio serio, Sergio, en tercero de facultad. Convencí a mis padres para que me dejaran irme a vivir con él y alquiláramos un apartamento, cerca de casa, en Hermosilla esquina con Velázquez. Estaba locamente enamorada y aquello me parecía maravilloso. Pero recuerdo que mi madre me dijo: «Te equivocas. Si eres feliz con él, sed novios, sois muy jóvenes para convivir. El día a día es complicado y hacer la compra, la comida, limpiar y discutir a ver quién lava los platos rompe la magia, pero tú verás. Eso sí, lo que no quiero es que vengas a comer aquí y a que te lavemos la ropa. Si te vas, te vas, y te responsabilizas de tu casa».

Yo entonces pensaba que jamás discutiría por ver quién lavaba los platos. Con veinte años una es muy inocente. Y más yo, que debía reconocer que había llegado allí sin tener que freír un huevo en mi vida. Efectivamente, una vez superada la fase de «¿Dónde ponemos esta lámpara tan bonita?», llegó el momento de «Estoy harta de tener que hacer yo todo, podías al menos limpiar el polvo». Limpiar el polvo podía haberse sustituido por lavar los platos, pero me había jurado a mí misma que jamás pronunciaría esa frase. Con tal de no dar la razón a mi madre, lo que fuera.

Al año siguiente rompimos y ya empecé a vivir sola y a espabilar y darme cuenta de que la vida en común requiere mucho más que amor.

En la «casita», con Alberto, todo era distinto. El factor «¿Por qué no lavas los platos?» no existía. Y no solo eso. La intendencia estaba solucionada y Emma, la doncella y cocinera que se encargaba del pabellón de invitados, siempre iba un paso por delante de mí y de Alberto. A lo mejor si realmente ella hubiera trabajado en mi casa, yo le habría pedido que hiciera las cosas de otra manera, pero es que encima no había que tomar decisiones, así que Emma, sin querer, sin saber, se convirtió en una especie de hada madrina que tenía preparado el desayuno cuando nos levantábamos, que me traía el té exactamente con los sándwiches que me gustaban o cocinaba sin sal, porque Alberto tenía la tensión alta.

La vida en Stanley House era cómoda, sencilla y divertida. Mucho más interesante que si nos hubiéramos quedado en un hotel. La presencia de Elisabeth y Henry, porque Arthur estaba casi siempre viajando, hacía que me sintiera por un lado protegida y, por otro, activa. Elisabeth tenía una vida social intensísima y me encantaba acompañarla a casi todas sus citas, y Henry tenía muy a menudo cenas con gente que a mí me entusiasmaba. Aristócratas arruinados, escritores, amigos aventureros e historiadores, antropólogos, diplomáticos. Una élite excéntrica que me había acogido magníficamente porque tenía mucho en común con ellos por herencia familiar. Mi abuela y buena parte de mi familia paterna tenía ese gen de la rebeldía, de romper con los convencionalismos, eso sí, tomando el té con un servicio de plata.

En una de esas reuniones, a las que me uní por casualidad, me di cuenta de ese detalle en el que no había reparado, y había sido Arthur el que lo había desvelado. Henry, Alberto y Arthur estaban sentados en uno de los veladores del jardín con Diana y Catherine, dos amigas antropólogas que acababan de llegar de Madagascar, y Peter, un amigo escritor, diplomático retirado, de la edad de Henry, con el que me llevaba especialmente bien. Habíamos coincidido en dos o tres cenas únicamente, pero habíamos congeniado a la primera. Elisabeth y yo veníamos de un almuerzo en la Tate, previo a una exposición de Waterhouse, que era uno de mis pintores favoritos.

Nos sentamos con ellos y empezamos a hablar de los prerrafaelitas, Waterhouse, las leyendas artúricas y una serie de temas que a mí me habían gustado desde pequeña y a los que había llegado gracias a la biblioteca y los intereses de mi padre y luego de mi hermana mayor. A mí todo lo inglés me apasionaba y a Peter le hacía gracia ese amor mío por Gran Bretaña, tan incondicional.

—Marta, vamos a tener que darte nacionalidad británica —comentó.

—Bueno, pues me podéis hacer cónsul honoraria, habla con tus amigos del cuerpo diplomático —bromeé.

—Es cierto, incluso en el aspecto eres muy inglesa y no sé, sí, en el humor... —apuntó Diana.

—No sé. La primera vez que vine a Londres a estudiar me sentía muy identificada con vuestra forma de ser. Eso de que alguien vaya por la calle vestido como sea y nadie le mire, esa manera de poder saltaros las normas, aunque, en ocasiones, algunos ingleses sean tan estrictos. Y luego cuando he viajado por ahí, siempre me he encontrado a gente rara, que a lo mejor ha dejado todo para irse a vivir a un pueblo en España o que era un abogado de prestigio y le ha dado por montar un hotel en Grecia...

—Sí, los españoles es raro que hagamos algo semejante, somos más conservadores, más de no cambiar de trabajo desde que sales de la facultad —señaló Alberto.

—Sí, pero creo que todos los que estamos aquí hemos ido bastante contracorriente... —apuntó Elisabeth.

—Es verdad, Marta, tu caso es excepcional, si pensamos en España. Tenías un trabajo fijo y decidiste irte para tener más libertad para viajar, para escribir y para hacer lo que te gustaba. Aunque eso no es solo extraño en España, no todo el mundo es tan valiente como tú. A mí me parece admirable —dijo Arthur.

—O una locura —apostillé yo.

—Para conseguir lo que uno quiere a veces hay que hacer locuras. Y yo admiro a la gente que tiene coraje —dijo Henry—. Eso es algo que siempre he intentado inculcar a Arthur y creo que no lo he hecho mal.

—Sí, bueno, cuando me decidí, mis padres no estaban de acuerdo, desde luego. Mi padre, registrador de la propiedad, ya había tenido que hacer un esfuerzo de tolerancia cuando a mi hermana le dio por estudiar filosofía y letras y a mí periodismo. Me costó que entendieran mi decisión. De hecho, creo que la aceptaron, pero no la entendieron —expliqué.

—Pero tuviste mucho éxito con la novela que escribiste —dijo Alberto.

—Sí, sí, estaban muy orgullosos, pero su mentalidad era más conservadora. Quizá por eso nunca me moví en los círculos que ellos me decían y ahora me doy cuenta de que era estúpido, que era un prejuicio. Ellos tenían amigos que me podían haber ayudado en mi carrera y nunca quise. Bueno, sin esos enchufes siempre me ha ido muy bien y me alegro de haber conseguido las cosas por mí misma. Pero la verdad, visto con el tiempo y más últimamente, me doy cuenta de que muchas de sus reuniones eran interesantes. Quizá las de mis padres no tanto, pero me estoy acordando de las de casa de mis abuelos. Seguro que si, entonces, nos hubiera visto a todos nosotros reunidos, habría salido corriendo.

Todos nos reímos y Alberto me cogió la mano y me la besó.

—Bueno, creo que podéis entender qué me vuelve loco de esta mujer —dijo.

Yo le miré sorprendida, no era habitual que hiciera ese tipo de gestos delante de la gente. Pero me encantó.

—Por supuesto que lo entendemos, lo entendimos desde que la vimos la primera vez. Lo que no puedo entender es qué ha visto ella en ti —bromeó Elisabeth, con su lengua viperina.

—Yo tampoco, la verdad, yo tampoco —dijo Alberto un poco azorado, pero intentando parecer mundano. Ese gesto de cierta fragilidad me gustó. A veces me parecía que no tenía ninguna fisura y eso me asustaba.

—Bueno, bueno, me vais a hacer sonrojar —admití con falsa modestia—. Entonces, ¿me puedo considerar inglesa?

—Sí, sí, por supuesto. Y esos ojos verdes y esa piel tan pálida no dejan lugar a dudas —aseguró Elisabeth sonriéndome.

—De ahora en adelante te podemos llamar Ofelia, aunque Marta es bastante inglés —dijo Arthur.

—Vale, pues entonces me mantendré alejada de la piscina, no quiero acabar como la del cuadro —bromeé.

Aquella charla había sido muy reveladora para mí. Por una parte, me hacía entender mejor por qué me sentía tan cómoda con ellos y tan en familia y, por otra, había visto algunas pequeñas reacciones de Alberto que no acababa de entender. Un par de días después me di cuenta de que a él también le había hecho cierta mella. Íbamos en un taxi de camino a una fiesta que daba el embajador de Turquía en honor de un amigo de Henry, que había publicado un libro de fotos sobre los derviches.

—¿Estás bien, Ofelia? —me preguntó Alberto, como era su costumbre cuando me quedaba ensimismada. Como si estar callada fuera un síntoma de enfermedad.

—Sí, sí, claro. ¿Ofelia? Ah, ¿hemos adoptado ese nuevo nombre? Bien, me gusta.

—A mí también, Arthur acertó totalmente... —dijo mirándome fijamente—. Lo que estás es guapísima. ¿Ese vestido es nuevo? No te lo había visto.

—No, es de Elisabeth. Me queda un pelín pequeño, porque ella no sé, debe de tener como una 32, pero si no respiro mucho, todo va bien.

—Te queda perfecto. Estás impresionante. Cuando te vea Elisabeth no va a querer dejártelo de nuevo.

—Ya me lo ha visto y me lo ha regalado, pero no creo que lo acepte, es un Dior, de los setenta. Es asombroso que casi treinta años después siga con la misma talla. Lo de Elisabeth es increíble.

—Teniendo en cuenta que no come, yo no lo veo tan increíble —señaló Alberto—. Pero, sí, es cierto, sigue estando estupenda. Debe de tener dos o tres años menos que mi madre y parece su hija, no le voy a quitar mérito.

—Eso, no seas malo.

—Pero si te encanta que sea malo —dijo besándome.

—Sí, pero no con Elisabeth.

—Por supuesto, solo malo contigo —respondió, cogiéndome por la nuca y besándome con fuerza hasta deshacerme el moño que me había costado casi una hora descomponer para que fuera el típico despeinado perfectamente estudiado. Pero no importaba, así era Alberto. Como bien decía Sandra, en broma, cuando le contaba lo que estaba viviendo: «Impetuoso, intrépido, aventurero». Lo soltaba con voz de anuncio de «llega el hombre», pero es que había mucho de cierto.

Capítulo 9

Un mes más tarde tenía la impresión de que llevaba en Londres y en Stanley House toda la vida. Tenía que admitir que nunca me había resultado complicado amoldarme a los cambios. Los veranos que había pasado precisamente en Londres no estaba, como el resto de mis compañeros, quejándome de lo que había dejado en casa. El año que me había ido a vivir como corresponsal *freelance* a Los Ángeles, lo que me había costado había sido volver. A los dos meses tenía amigos, conocía al tendero de la esquina y me sentía una «Angelina» más. Mi hermana Bárbara era igual. Había viajado por todo el mundo y decía que si no se movía no podía respirar.

Mi madre comentaba siempre, en broma, que no éramos hijas suyas, que una gitana nos había dejado en la puerta de casa, porque no podía entender ese espíritu nómada. Odiaba moverse. Para ella salir de vacaciones era un trauma porque le gustaban sus meriendas en Embassy, su paseo por Ortega y Gasset y Serrano para ver si en Durán habían recibido algún anillo nuevo, su peluquero de toda la vida, su modista y su masajista de siempre. Y si nos llevaba a la playa en verano era porque todo el mundo lo hacía, pero la idea de estar un mes alejada de su mundo perfecto siempre le había espantado.

Ni mi hermana ni yo habíamos salido a ella. Creo que cuando mi padre se arruinó, con aquel negocio en Brasil que hizo que su vida tuviera que ser mucho más austera, en el fondo a mi madre le alivió. Las vacaciones y los viajes de placer que tanto le gustaban a mi padre se acabaron y ya podía quedarse tranquilamente en Madrid. Aquello fue después de que mi padre se jubilara y lo que para él resultó un auténtico drama, ella se lo tomó con una templanza que con el tiempo me he dado cuenta de que probablemente tenía que ver con eso, con que se temía que el retiro de mi padre iba a dar paso a una época de viajes continuos. La falta de dinero hizo que sus planes cambiaran y ella no se viera obligada a modificar su rutina.

La verdad es que se merecía un viraje del destino a favor porque casi nada de lo que había planeado en la vida le había salido como ella quería. Ninguna de sus hijas nos habíamos casado con el hombre que hubiera esperado. Quizá yo me acercaba más a sus sueños, porque Juan era arquitecto, aunque no era un hombre de esos que a ella le gustaban, de los que iban a cacerías o jugaban al golf con los constructores que ellos conocían. Pero al menos tenía una profesión, era algo más «normal» que los novios de mi hermana Bárbara. Ella tenía una predilección especial por los artistas, a ser posible de algún país de África o Sudamérica. Así que llegó un momento en que mi madre nos dejó por imposibles.

Un día de esos extraños que mi hermana y yo habíamos intercambiado confidencias, nos reímos recordando una frase que repetía muy a menudo cuando mi hermana tenía más o menos treinta años y yo andaba por los quince. « Peor hubiera sido que...». El remate podía ser «Te hubiera dado por la droga» o «Peor es robar». Lo primero lo dijo cuando mi hermana anunció que estaba embarazada de su novio Salif, un pintor senegalés que había conocido en uno de sus viajes como cooperante, una noticia que en principio fue un shock pese a que luego acabaron en casa adorando a Salif. Y lo segundo, cuando yo afirmé que aprovecharía mi carrera de piano para hacerme teclista de un grupo de rock en la facultad.

En cualquier caso, las circunstancias, en el caso de Stanley House, hubieran hecho incluso a mi madre sentirse a gusto. Y sí, el ambiente acogedor y agradable era un punto a tener en cuenta, pero los acontecimientos también hicieron que notara un apego especial por todo aquello como reacción al rechazo que empecé a sentir por mi casa de Madrid y por todo lo que la rodeaba.

Y es que por aquellas fechas fue cuando Juan, rompiendo su ley del silencio, me mandó un mensaje diciéndome que le gustaría que nos viéramos. A mí me pareció raro, así, de repente, pero como desde que nos habíamos separado no entendía muy bien a qué estaba jugando o qué le pasaba, le respondí que estaba en Londres. Él me preguntó si volvería pronto, yo le dije que no tenía ni idea, y entonces me llamó.

—¿Te pillo bien? —preguntó bastante serio.

—Bueno, iba a salir en un momento, pero ¿pasa algo? —respondí con el corazón encogido.

—No, te llamo en otro momento.

—Oye, Juan, que no, que da lo mismo, dime qué pasa, que me estás asustando.

—Me hubiera gustado hablar contigo en persona, pero tampoco quiero que pase más tiempo...

—Ya, vale —respondí cortante, ese comienzo hacía intuir que me iba a contar algo que no me iba a gustar.

—Creo que los dos sabemos que últimamente las cosas no estaban funcionando...

—Juan, sí, todo eso lo hemos hablado mil veces, de hecho los últimos meses que pasamos juntos no hicimos otra cosa. Bueno, antes de que decidieras que debíamos dejar de hablar... —Callé unos segundos, no estaba segura de si debía decir lo que estaba pensando, pero lo hice—: Juan, ¿la conozco?

—¿A quién?

—A la chica con la que estás.

Se produjo un silencio al otro lado de la línea.

—¿Juan?

—Sí...

—¿Que la conozco? —dije, elevando el tono.

—No, que estoy aquí. No, no la conoces.

—Ya... Ya me parecía a mí raro esta cosa tan civilizada de no hablemos, no nos veamos y la nota... Tú lo que eres es un cobarde. O sea que te estabas tirando a otra... tú eres...

—Marta, vamos a intentar hacer esto lo mejor posible.

—Ah, sí, sí, claro, lo mejor posible. Yo, como una gilipollas, sintiéndome fatal... y tú, joder... Si en el fondo lo sabía.

—Mira, Marta, sé que no lo he hecho bien, pero yo te quiero muchísimo y no quiero que esto haga que nos odiemos.

—Pues ahora mismo eso lo veo complicado.

—No quiero entrar en el tú más, pero tú también estás con otra persona.

—Sí, estoy con otra persona, pero hay una pequeña diferencia: yo no te he dejado por esa persona... Y no vayas por ahí, que te conozco, que al final conseguirás que me sienta yo culpable, como siempre. No seas manipulador.

—Que no, que te estoy diciendo que yo lo he hecho mal, que lo sé, pero que por eso te lo estoy contando. Podía callarme y mentirte y decirte que todo empezó más tarde, pero no. Te estoy contando la verdad porque quiero que sigamos teniendo una relación buena, de familia.

—Pero ¿se puede ser más hipócrita? ¿Pero tú qué te crees? ¿Que porque me estés contando la verdad ya está? ¿Tú qué te crees? ¿Bill Clinton? «¡Ay! ¡Como te cuento la verdad, todo está bien!». Y de familia ni lo sueñes, ahora soy yo la que no quiero tener contacto contigo. ¿Te enteras? No quiero volver a verte en mi puta vida.

—Te entiendo, Marta, lo sé, pero, joder, intenta reflexionar, no he querido hacerte daño, ha pasado...

—Mira, que no, que no sigas. No me habrás querido hacer daño, pero me lo estás haciendo. Y es que soy gilipollas, si es que sabía que era esto, si es que lo sabía, pero no, como Juan es el bueno, Juan es tan honesto, jamás haría algo así. Eres igual que tu padre, igualito, mírate, te has ido con una y seguro que has hecho lo mismo que hizo tu padre. ¿Qué tiene? ¿Veinte años?

—Marta, no vayas por ahí, no vayas por ahí, que yo también te puedo hacer daño, ¿eh?

—¿Ves? ¿Cuántos años tiene?

—Tiene veintiocho, sí. ¿Y qué? ¿Te sentirías mejor si tuviera sesenta?

—No, pero al menos te respetaría un poco, tendría un concepto mejor de ti y no me quedaría con la movida de que eres tan patético y tan previsible, el típico cuarentón amargado que se va con una que podría ser su hija.

—Marta, entiendo que te cabrees, pero no he hecho nada malo. Ahora vamos a colgar, porque creo que esto nos va a llevar a algo que no queremos.

—¿A qué? ¿A que nos divorciemos?

—Marta, de verdad. Vamos a tranquilizarnos y hablamos cuando hayamos asumido todo esto.

—¿Asumido? Lo tendré que asumir yo. Tú lo tienes muy asumido. Pero sí, vamos a colgar, que tengo que arreglarme para ir a una fiesta.

—Vale, cuando quieras me llamas y hablamos.

—Que no, que no te voy a llamar y no tengo nada que hablar. Ya está, que te vaya muy bien con tu novia.

Colgué y me eché a llorar. Sí, lo sabía, era absurdo, yo estaba con Alberto y probablemente hubiera terminado rompiendo con Juan, pero aunque en la discusión, como en todas las peleas, había sido injusta, era cierto que Juan llevaba tiempo con esa chica, que me había estado engañando con ella. Y eso, por mucho que yo estuviera con Alberto y por mucho que hubiera podido hacer lo mismo, dolía, mucho. Los hechos eran esos y no podía evitar darle vueltas al asunto. A lo mejor, Juan y yo habíamos empezado a estar mal porque él salía con esa chica y no al revés, como yo había asumido e intentaba «venderme» él. A lo mejor, las cosas eran totalmente distintas de como yo pensaba y el Juan que yo había construido en mi cabeza no tenía que ver con el real. Aquella llamada me dejó trastocada varios días.

Por supuesto, no le dije nada a Alberto y no tenía ni ganas de hablarlo con Sandra o con Luis. Simplemente les mandé un mensaje, escueto: «Juan llevaba tiempo con otra, me ha llamado para contármelo. No quiero hablar del tema, de momento. Solo que lo sepas». Y los dos habían respetado mi silencio, con sendos sms que contenían prácticamente el mismo mensaje: «Te entiendo, no le des muchas vueltas».

El tema nunca se abordó muy profundamente. Yo intentaba no martirizarme porque no servía de nada y, por otra parte, mi reacción fue volcarme de lleno en mi nueva vida. Hasta entonces sí que debo confesar que la culpabilidad y el recuerdo de Juan a veces me hacían frenarme a la hora de entregarme del todo al cambio. Era una sensación de estar siéndole infiel a mi todavía marido, aunque estuviéramos separados. Pero a partir de ese día, eso, obviamente, desapareció y durante un tiempo sí que noté que estaba pasando realmente un luto, tenía una sensación de vacío que necesitaba llenar con la actividad frenética que tenía en Londres y con esa vida con Alberto que acababa de empezar.

Paulatinamente lo fui consiguiendo, y aunque sabía que la estancia en Stanley House era temporal y que ese jugar a las casitas era algo irreal, no podía evitar que Alberto empezara a formar parte de mis planes. Sabía que en algún momento tendría que enfrentarme a que habría que volver a Madrid, buscar un trabajo y tomar decisiones respecto a mi futuro. Pero llevaba toda la vida con las riendas bien sujetas y en ese instante ni me sentía capaz ni me apetecía tomar ninguna decisión. Por primera vez en mucho tiempo, después de una existencia tranquila, apacible, agradable, pero sin sobresaltos, estaba viviendo experiencias nuevas, conociendo a gente distinta y con un hombre que me desconcertaba y me enajenaba. Así se lo intentaba explicar a Sandra cuando me preguntaba cuándo iba a volver, tratando de poner un poco de orden en mi vida.

—Marta, cariño, tú sabes que yo, si eres feliz, soy feliz, y está genial que disfrutes, pero ya llevas un mes. ¿De verdad que no sabes cuándo vas a volver?

—De verdad que no, y es que no me lo quiero plantear. Mira, no estoy gastando casi nada. Y total, si hay trabajo, lo va a haber dentro de dos meses o dentro de quince días. Así que no, no me lo quiero plantear.

—No, si está bien, pero la idea ¿cuál es? ¿Dejarlo todo e irte con Alberto en plan aventura?

—Pues a lo mejor. Yo puedo hacer reportajes sobre sus viajes, por ejemplo.

—¿Pero habéis quedado en eso? Porque me parece buena idea, pero, si es así, cambia todo.

—Sí, hemos hablado de eso y habría que concretarlo. No hemos visto exactamente cómo, pero yo creo que se puede hacer. Pero ahora él está muy liado con los preparativos, no quiero andar complicando las cosas con esto.

—No es complicando, es saber qué va ser de tu futuro.

—Sandra, llevamos muy poco tiempo juntos, no le puedo decir: «Oye, ¿planifico mi futuro contigo, me voy contigo a hacer reportajes y lo dejo todo?».

—Pues lleváis ya un tiempo viviendo juntos, no veo por qué no se lo puedes decir.

—Porque Alberto no es tu Pablo, ni Juan. No es así.

—Ya. Tú sabrás mejor que nadie. Pero empieza a aterrizar, que desde que ese tío ha entrado en tu vida estás como loca, no eres tú.

—Ya, ya lo sé. Bueno, déjame un poco.

Por supuesto, de vez en cuando me llegaban ramalazos pensando en qué iba a hacer con mi vida o me acordaba de Juan y los últimos meses de convivencia, pero eso cada vez lo veía más lejos y más difuminado. El tiempo y la distancia borran el dolor, al final iba a ser cierto. Así que, poco a poco, empecé a estar plenamente convencida de que mi futuro estaba con Alberto. Cuando él salía a alguna reunión y yo me quedaba dormitando por la mañana, imaginaba mi vida como reportera de viajes de aventura. Una especie de cronista de Lawrence de Arabia. Y mis elucubraciones no eran fruto de una alucinación. De hecho, había sacado él el tema una de esas noches que nos quedábamos en casa, con la chimenea encendida, picando algo y esquilmando la pequeña bodega que el generoso Henry había hecho en el sótano de la casita.

—En la reunión de esta mañana me han dicho que un punto a favor para conseguir financiación era hacer algún reportaje sobre el viaje. He pensado que podías hacerlo tú, ¿no? ¿Crees que podrías, te apetece?

—Sí, claro, me encantaría. ¿Pero qué tipo de reportaje?

—Bueno, no me han concretado, ni sé muy bien cómo sería, pero te lo comento para saber si puedo dar tu nombre. ¿Te parece bien? Además, tú eres conocida en España...

—No creo que mi nombre sirva para mucho...

—No es lo mismo que diga que va a hacerlo una escritora que una periodista cualquiera.

—Sí, eso sí. Pero ¿sería un diario o algo más genérico?

—No sé, no nos adelantemos, vamos a ver qué dicen y ya pensamos algo.

—Sí, claro, pues pon mi nombre, sin problema.

Capítulo 10

Aquellas noches íntimas, que reservábamos para los dos, eran especialmente mágicas para mí. Me encantaba ese mundo en el que se movían Henry y Elisabeth de fiestas, inauguraciones, cenas, presentaciones, ópera, conciertos. Pero entre las reuniones de Alberto, esa vida social nocturna y la mía particular, que ya empezaba a ser a veces independiente de la de Elisabeth, no estábamos prácticamente solos y me gustaba esa sensación de hogar que tenía de vez en cuando y que intentaba propiciar.

Elisabeth, a la que cada vez tenía más cariño y con la que me lo pasaba de maravilla, me hizo un día un comentario al respecto que me llamó la atención. Estábamos entrando en una fiesta, en el castillo de unos amigos de Henry y Alberto, a las afueras de Edimburgo. Celebraban sus bodas de plata y era como estar en Camelot, pero mejor. Velas, antorchas, telas cubriendo los techos, tapices... Ellos iban delante y nosotras entrábamos intentando andar lo más regias posible, pero entre el vestido con una pequeña cola de Gaultier, que había elegido para esa ocasión por su aire medieval, la estola enorme de visón, los tacones y el moño, era complicado. Así que andábamos como dos geishas, especialmente Elisabeth, que se había puesto un modelo turquesa, estrechísimo, que le impedía dar pasos de más de diez centímetros.

No recuerdo muy bien de qué estábamos hablando, pero, en medio de la conversación, Elisabeth se paró, me miró y soltó una de sus frases-sentencia.

—Marta, está bien que reservéis noches para estar juntos. Pero cuando os vayáis de aquí, ten cuidado. Todas, al final, tendemos a querer ver la tele con la mantita de cuadros, pero Alberto no es de esos hombres. No es un animal doméstico. Tenlo siempre en cuenta.

—Ya, ya, si a mí me encantan las fiestas. Ahora mismo, aunque sea consciente de que me voy a romper un tobillo de un momento a otro, no puedo estar más feliz. Por favor... esto es una maravilla. A mí esto me encanta.

—Sí, sí, pero solo te digo que tengas cuidado. Que no te dejes llevar. Que hay que mantener el misterio y salir, que te vea con los ojos de los demás...

—Mi abuela decía exactamente eso, pero nunca lo entendí del todo. Sí, sé a lo que te refieres, pero no sé, yo, cuando he estado enamorada, creo que no necesitaba eso. Si un hombre me gusta, me gusta.

—Yo creo que nos pasa a todos, pero a los hombres más. Tu abuela sabía de lo que hablaba y yo también. Da igual que te vistas, te maquilles y estés perfecta en casa, que también, pero es importante que te vea actuar en una fiesta. Que sea testigo de cómo los hombres te miran, cómo coqueteas, inocentemente, claro, y cómo eres sin él. Te lo aseguro, Marta, es esencial.

—Vale, lo tendré en cuenta. Cuidado, Elisabeth, escalón.

—Ay, gracias. De verdad, tengo que adaptarme a las lentillas, un día voy a tener un disgusto con esto de no llevar las gafas.

—Mientras tengas alguien para ir del brazo, todo va bien.

—Ya, pero es que Henry ve menos que yo y tampoco quiere llevar las gafas cuando sale.

En ese momento llegaron Alberto y Henry, íbamos a entrar en el patio de armas, donde nos recibían los anfitriones, y debíamos hacerlo de manera más oficial, por parejas.

—¿De qué os reís? Seguro que de alguna maldad —bromeó Henry.

—Sí, de que vamos a tener que ir con un perro lazarillo a las fiestas, como sigamos con este empeño de no usar gafas. Anda, dame tu brazo e intenta no tropezar. Id vosotros delante, yo me guiaré por tu cola —dijo Elisabeth exagerando.

Durante aquella fiesta me quedé pensando en lo que me había dicho Elisabeth. Recordaba cómo mi abuela María Luisa, cuando yo era pequeña, le había dicho a mi prima mayor, Silvia, la otra escritora de la familia, que una de las claves para mantener la admiración en la pareja era que te viera con los ojos de los demás. Ir a fiestas, hacer vida social para que se diera cuenta de con quién estaba. Ella sabía de lo que hablaba porque había pasado media vida yendo a los mejores festejos de La Habana y Nueva York. Yo tendría unos doce años y mi prima iba a casarse unas semanas más tarde. Era Navidad y todos estaban echando la siesta menos nosotras tres. Yo estaba practicando mis ejercicios de piano y debían de pensar que no las oía, pero a esa edad cualquier conversación sobre los secretos de la seducción atrae toda la atención del mundo, así que yo tenía la antena puesta, aunque disimulaba para que hablaran con más libertad. Esa tarde, recuerdo que le contó aquello, rememorando una anécdota que narraba de vez en cuando. La de la reinauguración del Waldorf Astoria de Nueva York, en la que el mismo Fred Astaire la había sacado a bailar. Ella, por supuesto, recordaba la sensación de formar pareja con el bailarín, pero lo que contaba con verdadero entusiasmo era cómo su marido la miraba mientras daba vueltas por la pista.

Mientras saludaba a unos y otros, no dejaba de observar en la distancia a Elisabeth. Sobresalía del resto de los invitados. Tenía un aura especial. No era solo que con los tacones y su altura llegara casi al metro ochenta y que tuviera una figura no perfecta, porque quizá estaba demasiado delgada, pero sí elegante y absolutamente chic. Me recordaba a una especie de Inès de la Fressange en rubio. Con ese pelo corto que, según me había contado, le cortó el propio Vidal Sasoon en los sesenta y que no había variado en toda su vida porque era parte de su personalidad. La veía desenvolverse como si fuera la anfitriona. No se detenía más de la cuenta con nadie, sabía disimular que no recordaba quién era alguien y era especialista en hacer las mejores presentaciones posibles. Yo, según conviniera, era una cosa u otra. Si me presentaba a un editor, era «Marta, una escritora famosísima en España, que está negociando la traducción al inglés de su libro, así que, lo siento, pero me temo que se te han adelantado, es una pena» (todo mentira), y si era la mujer del embajador de Italia era «Marta, la prometida de Alberto Correa de Castilfuente, una famosa escritora que se ha tomado unas semanas para visitarnos en Stanley House». Me encantaba esa facilidad, esa inteligencia para mostrar las cosas según convinieran en el mundo social. Elisabeth sabía de su capacidad y tuve que darle la razón; a mí, que no era su pareja, me fascinaba contemplarla en acción. No era como verla en casa, que también era maravillosa, pero era distinto. Miré a Henry y le descubrí observándola embelesado.

Me di cuenta de que ya llevaba tiempo disfrutando de las reuniones a las que iba. Al principio era más complicado porque no conocía a nadie, pero en aquella fiesta ya estaba totalmente integrada en ese mundo, y en un momento que me vi reflejada en uno de los enormes espejos del salón me sorprendí a mí misma. Parecía que los genes mandaban y me di cuenta de que, aunque Elisabeth o mi abuela eran las grandes maestras de la seducción social, yo tampoco desentonaba. También ayudaba que acababa de venir a saludarme con una efusividad especial George Harry, el actor, mejor dicho, probablemente mi actor favorito, y sin duda el hombre más guapo que había visto en mi vida.

Yo le había entrevistado para la revista hacía varios años. Pero esas ruedas de encuentros con la prensa, en las que los actores hablan con doce periodistas al día, no son una manera de entablar una relación de amistad. El hecho de que me moviera en su ambiente de que Alberto me lo hubiera presentado después de un partido de polo en el que habían jugado juntos ya hacía que hubiera otro estatus, que fuéramos conocidos. Y parecía que le había caído bien. Yo estaba como una quinceañera. Mi primera reacción fue mandarle un mensaje a Sandra, como si tuviera trece años.

Pero en este encuentro empecé a verle como alguien más cercano, la mitomanía se había diluido y estuvimos hablando como si fuéramos viejos amigos.

—Hola, te estaba mirando de lejos y no estaba seguro de si eras tú, pero, claro, sí, esos ojos no se me podían olvidar. ¿Te estás divirtiendo?

—Sí, sí, la fiesta es estupenda. ¿Y tú?

—Oh, no me digas... no te acuerdas de mí... Perdona, estuvimos hablando en el Club de Polo, hace unas semanas. Te he puesto en un compromiso... George Harry —me dijo, extendiendo su mano.

Era evidente que estaba haciéndose el modesto. Por favor, ¿cómo puede haber una mujer en el mundo que no sepa quién es George Harry? ¿Alguna en su sano juicio no le ha visto en su papel del novio perfecto en *Mi última boda* o como el amante despechado que se retira a la Toscana en *Lo que queda de la noche?* Mi primera reacción fue la de decirle: «Perdona, ¿cómo no me voy a acordar de ti? He visto unas doscientas veces *Mi última boda* y he parado unas dos mil la escena en la que miras a Julia Roberts cuando estás a punto de pedirle que se case contigo, después de dejar a la pelandrusca de tu prometida».

—Claro, George, cómo no me voy a acordar, he visto varias de tus películas. ¿Cómo se llama esa en la que sales con Julia Roberts, algo de la boda...?

—Sí, *Mi última boda...*

—Esa. Me encantó. Y, bueno, el otro día no quise decírtelo, pero cuando viniste a España promocionando el *remake* de *Historias de Filadelfia,* te entrevisté, pero éramos miles de periodistas, no te acordarás.

—Claro, por eso me sonaba tanto tu cara. Desde que nos vimos el otro día estuve dándole vueltas. Y claro, por eso era.

—George, de esto hace cinco años y debiste de hacer como veinte entrevistas. Íbamos pasando por tu habitación del Ritz como si estuviéramos en la consulta del médico.

—Sí, sí, claro, así es siempre. Pero si viene una chica guapa como tú, que además te hace una entrevista como esa, te acuerdas.

—Bueno, sí, no digo que no —comenté por no insistir. Él estaba intentando ser amable y tampoco era plan de que le pusiera en un aprieto preguntando algo del tipo: «¿Y de qué color era la camisa que llevaba?».

—Aquel viaje de promoción lo recuerdo con especial cariño. Yo había terminado agotado, el rodaje había sido durísimo y recuerdo que cuando acabé la promoción, me quedé una semana en España. Bajé a Sotogrande, donde había un campeonato de polo y me vino de maravilla. España me gusta tanto.

—Yo tengo un amigo que vive en Marbella, paso largas temporadas allí.

—Pues estoy deseando volver. Si tienes pensado ir este verano, podíamos organizarlo para coincidir. En junio acabo este rodaje y necesito sol y golf.

Yo estaba absorta en la conversación y ni me di cuenta de que Alberto se había acercado. Interrumpió con cierta brusquedad, con un gesto que me pareció que era algo así como marcar territorio. Algo que me parecía bastante fuera de lugar porque estaba claro que George Harry no quería ligar conmigo... o quizá sí. Alberto me cogió de la cintura y me llevó a la otra punta del salón, con la disculpa de comer algo.

El caso es que pasé el resto de la fiesta con la autoestima altísima y me divertí muchísimo. Y a lo mejor era sugestión por lo que me había dicho Elisabeth, pero tenía la impresión de que Alberto estaba aquella noche más pendiente de mí de lo normal, cuando lo cierto era que solía ser al contrario. Porque él también tenía esa facultad de ser extremadamente galante con las mujeres y en algunos casos a mí no me hacía demasiada gracia. Lo habitual era que durante las fiestas fuera yo la que observaba sus movimientos, aunque cada vez estaba más segura, y supongo que eso también se notaba.

Después de aquel fin de semana en Escocia, pasamos lo que Alberto calificó de «unos días de descanso antes de la gran ofensiva». Henry tenía que ir a su casa de campo, su *estate* de Hampshire, que era lo que él consideraba como su hogar, aunque pasara muy poco tiempo allí porque, como nos explicó: «Elisabeth no soporta el campo y yo soy débil, y cuando paso más de cuatro días sin ella, me ahogo, así que tengo muy abandonada esta casa, la verdad». Esa exageración melodramática de Henry, que usaba especialmente cuando hablaba de asuntos relacionados con Elisabeth, a mí me parecía encantadora. Era pura galantería; estaba claro que Henry podía estar solo tan a gusto y durante nuestra estancia había estado más de diez días en su *estate*, pero me gustaba que se comportara así, que diera ese toque novelesco, romántico a su relación con Elisabeth, la cual yo no acababa de entender, pero tampoco me atrevía a ahondar en el tema.

Esos días en Hampshire fueron todo lo contrario a un reposo en el campo. La actividad de tés, cenas, comidas, reuniones y actos sociales en las casas de los vecinos de Henry era agotadora. La casa era como las de las películas de Ivory y Merchant. Una mansión con un aire lóbrego que a mí me encantaba. Nuestra habitación, con su cama con dosel y aquella chimenea que teníamos encendida todo el día porque hacía un frío terrible, era el escenario perfecto para desatar el romanticismo. Y digo romanticismo y no pasión desenfrenada, porque no podía negarse que la casa era una maravilla, pero se notaba que no estaba vivida. Las tuberías volvían el agua turbia, que Henry afirmaba que era algo estupendo —«Es hierro, tenemos agua ferruginosa, la gente paga en los balnearios por bañarse con agua así»—, y las camas hacían un ruido infernal.

La mañana siguiente a nuestra llegada a la casa madrugué y bajé a dar una vuelta por el jardín. Nada más salir, los perros empezaron a ladrar y Elisabeth salió del invernadero. Me hizo un gesto para que entrara. Estuvimos hablando de trivialidades. De lo complicado que era mantener una casa como esa si no se vivía en ella. De que Elisabeth insistía en convencer a Henry de que debía alquilar una parte para eventos, pero que él se negaba... hasta que sutilmente abordó el tema.

—¿Estáis bien en la habitación? Otra cosa que odio es que no haya calefacción en los dormitorios y la chimenea está bien un rato, pero no la soporto para dormir, el sonido del fuego puede que tenga mucha poesía, pero yo necesito silencio total y me paso la noche en vela con el chisporroteo.

—Sí, a mí también me cuesta bastante conciliar el sueño, pero el fuego me gusta, es como oír el sonido de las olas.

—Sí, sí, todo eso queda muy bien en los libros. Pero no me hables del sonido de las olas. ¿Tú has dormido en una casa al borde de la playa en Brighton, con esas olas a punto de matarte?

—No, pero en Asturias sí, y el mar es más o menos igual. —Me reí.

—Es el infierno. La naturaleza está bien para los documentales. Yo no la soporto. Y estas casas, que se supone que tienen unos muros que aíslan de todo, pero no tienes ninguna intimidad... Por cierto, le voy a decir a Paul, el jardinero, que revise los muelles de vuestra cama, deben de estar sueltos. —Me miró un segundo más de la cuenta y, cuando vio que yo me sonrojaba al notar que nuestros intentos por ser discretos no habían tenido el resultado apetecido, agitó la cabeza volviéndola hacia donde estaban las rosas y suspiró—: Y las rosas, no hay manera de cuidarlas. Paul está mayor y bastante tiene con intentar que la casa no se caiga. ¿Tienes hambre? Vamos a desayunar. Me muero por comer uno de los pudines de Mildred. Adoro a esa mujer, menos mal que no quiere moverse de aquí y no la tenemos en Londres. Con ella cerca es imposible mantener la línea.

Recuerdo aquel primer día en Hampshire porque la impresión de aquella mansión dejaba huella. Y tampoco me será fácil olvidar el último. Para despedirnos y volver a Londres, Henry y Elisabeth habían organizado una cena a la que invitaron a su vecino y viejo amigo Aslan y a su mujer Jane. Él había sido agregado cultural de la embajada de Turquía y era uno de los que iba a colaborar en la financiación del proyecto de Alberto. Yo le conocía de alguna fiesta en Londres y de un par de veces que había ido a tomar el té con Henry. Había trabajado durante años en la embajada de Turquía en Londres y al retirarse se había quedado a vivir en Hampshire. Su mujer, Jane, era una inglesa encantadora, regordeta, cariñosa e inteligente que se llevaba de maravilla con Elisabeth, aunque a primera vista no tuvieran mucho que ver. Aslan era delgado, no muy alto, con una mirada profunda. Estaba claro que había sido un hombre atractivo. Desde el primer día que le vi me cayó bien. Me gustaba de él que, aunque adoraba la aventura, la historia y el arte, era muy práctico. Las pocas veces que le había oído hablar con Alberto y Henry parecía un profesor exigente, un poco condescendiente, que deja a los adolescentes dar rienda suelta a sus locuras, hasta que considera que se están pasando y con una frase les hace pegarse a la tierra.

La cena transcurrió tranquila, agradable. Con Henry, Aslan y Alberto contando algunos de sus viajes y Elisabeth y Jane ironizando, con cariño y con mucha gracia, sobre sus exageraciones. El tema del proyecto de Alberto salió en un par de ocasiones, de refilón. Pero ya en los postres y en la sobremesa, Alberto abordó el asunto y yo aproveché para informarme mejor de los detalles. Con Alberto era difícil, por no decir imposible, concretar. Cuando le preguntaba por cuándo iba a empezar el viaje, cuánto tiempo iba a durar o cómo iba la financiación, sus contestaciones eran evasivas. Probablemente tampoco tenía una respuesta concreta, pero a mí esa indefinición me desconcertaba. Por un lado, tenía la impresión de que contaba con que le acompañara y una parte de mi cabeza fantaseaba sobre ello, pero, por otro, empezaba a conocer mejor a Alberto y no lo tenía del todo claro.

Cuando dejaron de hablar del concepto y empezaron a centrarse en el presupuesto, yo, discretamente, intervine.

—Estoy pendiente de una posible ayuda de una marca y la colaboración de la Organización Mundial de Turismo, pero no creo que ellos puedan aportar financiación, sería más una ayuda logística. O de hoteles en las etapas donde durmamos en hoteles —decía Alberto.

—Sí, claro, pero ¿sabes ya exactamente cuántas personas van a participar? —preguntaba Aslan, y yo le agradecía profundamente esa manera de acotar.

—Exactamente no podemos saberlo, depende también de la financiación... —contestaba Alberto.

—Ya, pero por algún lado hay que empezar, y como el que pide el dinero eres tú, debes definir cuántas personas son imprescindibles.

—Ya. Pues yo, una persona que se ocupe de los caballos, el cámara, su ayudante y un periodista de *National Geographic* que va a hacer un reportaje durante todo el viaje y quizá un blog.

En ese momento se me encogió el estómago y casi me dio una arcada. Elisabeth estaba frente a mí y me miró de una manera que no necesitaba palabras, entendía perfectamente lo que estaba pensando.

—¿Un periodista de *National Geographic*? Eso es estupendo, pero no nos habías dicho nada —comentó Elisabeth.

—Sí, me lo confirmaron anteayer. No estaba del todo claro.

—Ya... Sí... Entonces entiendo que es en exclusiva. Qué pena porque hubiera sido estupendo que Marta hubiera hecho algo para España, como habíais pensado. Cuando me enseñó Henry el proyecto, me pareció una idea fantástica.

—Sí, desde luego. Pero si *National Geographic* se implica, es una noticia estupenda. Y Marta lo entiende, ¿verdad, princesa? Además, esos viajes son muy duros, casi mejor que no tengas que meterte en algo así.

—Me alegro muchísimo de que lo hagan los de *National Geographic*. Y por otro lado, yo tampoco tenía claro si iba a poder hacerlo. Tengo muchísimo trabajo en Madrid. Y sí, yo soy como Elisabeth, el campo no es lo mío tampoco.

—Desde luego, querida, yo jamás te hubiera aconsejado que fueras. Esas aventuras son para descerebrados como estos, no para alguien como tú o yo. Bueno, señoras, vamos a dejar a estos caballeros charlando de sus negocios y, si os parece, nos vamos a la biblioteca a hablar de lo fatal que está el servicio —dijo Elisabeth, cogiéndome del brazo y soltando una de sus carcajadas.

Yo se lo agradecí en el alma. De camino a la biblioteca me disculpé y dije que iba a ir a mi habitación a coger un chal. Lo que quería era estar sola un segundo. Cerré la puerta y no pude reprimir el llanto. Estaba claro, Alberto no contaba conmigo y mis castillos en el aire se derrumbaban. Después de un rato de lamentarme de mí misma, me lavé la cara e intenté recomponerme. Volví a la biblioteca donde Elisabeth y Jane estaban bebiendo una copa de champán.

—Ven, querida, siéntate. Vamos a brindar.

—¿A brindar?

—Claro, a brindar porque te has librado de ir al viaje ese terrorífico. Brindemos por *National Geographic* —dijo Elisabeth.

Jane me cogió la mano y me miró sonriendo.

—Marta, sabemos perfectamente lo que estás pensando. Pero no te lo tomes como algo personal. Sus viajes son sus viajes. Y si sigues con él, te tienes que acostumbrar. Estos aventureros son así...

—Y Alberto es muy especial... —apostilló Elisabeth.

—¿Muy especial? ¿A qué te refieres?

—Nada, querida, nada. A que es de esos hombres que... —Se quedó un momento en silencio buscando las palabras—. Nada, que es un hombre que podría decirse que no hay que contar mucho con él. Mi consejo, si me lo permites, es que te centres en ti, no dependas de lo que él vaya a hacer. Yo lo hice una vez, supedité mi vida a alguien así, al que fue mi marido. Y me pasé media vida esperando. No te lo aconsejo.

—Ya. Sí, está claro. No. Lo que tengo que hacer es volver a España y empezar a pensar solo en mí.

TERCERA PARTE

CAPÍTULO 11

Aquella noche prácticamente no pegué ojo. Elisabeth no podría haberse quejado del ruido del somier porque nada más llegar a la habitación dejé claro que no estaba para pasiones al calor de la chimenea. Mi orgullo me impedía hacer ningún comentario sobre lo que había pasado y no le iba a demostrar a Alberto que había estado fantaseando sobre cómo sería acompañarle en su aventura, en esa en concreto y en las del resto de su vida. Probablemente era culpa mía, no debía lanzarme así, pero mi mundo en ese momento estaba patas arriba y Alberto era una boya de lo más atractiva.

Tardé un par de días en decirle que no podía estar más tiempo en Londres y que me volvía a Madrid o a Marbella, con mi amigo Luis, que no lo había decidido. Cuando se lo comenté, me quedé mucho más tranquila. Era como si recuperara las riendas de mi vida. Fue una conversación casual y en la que me obligué a no incluir ningún tipo de reproche o dramatismo. Estábamos comiendo en casa, él acababa de llegar de alguna reunión con no sé quién; nunca contaba qué planes tenía para el día.

—Ah, he hablado esta mañana con los de la revista y la semana que viene tengo que estar allí sin falta, van a hacer un nuevo suplemento y cuentan conmigo intensivamente, así que tendré que hacer entrevistas y estar allí —le dije haciendo de tripas corazón.

—Eso es estupendo, ¿no? Pero entonces, ¿no vas a poder venir a Turquía conmigo?

—¿A Turquía?

—Sí, no quería decirte nada hasta que no estuviera cerrado, pero seguramente en unos quince días me vaya allí a probar caballos, a Capadocia. A lo mejor puedes venir unos días.

—No, no creo. Voy a estar muy ocupada.

—Bueno, no adelantemos acontecimientos.

—No, no, no adelantemos, claro.

Me miró ligeramente extrañado porque el tono de ese «No adelantemos» había sido un poco brusco. Y no hizo como hubiera hecho Juan o cualquiera de los novios que había tenido hasta entonces: preguntar por qué estaba enfadada y dar pie a una discusión. No.

—¿Te apetece *soufflé* de limón? Me muero por un poco del *soufflé* de Emma.

—No, no tengo mucha hambre.

—Pues entonces me tomaré también el tuyo. —Tocó la campanilla y llegó Emma—. Nos puedes traer el *soufflé*, por favor, la señora no quiere, pero yo me tomaré el suyo.

—¿El *soufflé*? —contestó azorada Emma.

—Sí, el *soufflé*. Le dejé una nota esta mañana, en la mesa de la cocina. Que quería *soufflé* para hoy.

—Señor, disculpe, pero no he visto ninguna nota. He hecho de postre sorbete de mango.

Alberto se levantó, retiró la silla y se dirigió a la cocina. Yo me levanté, le hice un gesto de que no pasaba nada a Emma, que me miró asustada y fui tras él. Cuando entré, estaba recogiendo una nota del suelo.

—Vaya, se había caído. Pues nada, Emma, ¿puedes hacerlo para esta noche, verdad?

—Sí, sí, claro, señora, lo siento mucho.

—No, no te preocupes, se ha caído la nota, no podías adivinarlo; si hay sorbete, yo también quiero.

Alberto estaba quieto, sin decir nada, con la nota en la mano. Le miré para irnos hacia el salón, pero no se movía.

—Emma, por la mañana quiero que esté aquí cuando yo salga. De ahora en adelante, la señora o yo le diremos todos los días el menú.

—Claro, señor, no hay problema —respondió ella cortante.

—Alberto, vamos al salón —pedí yo, también seca.

Cuando nos sentamos, no dije nada. Esperé a ver qué decía él. No me había gustado nada ese gesto. Podía disculparlo si él hubiera reconocido que nadie tenía la culpa de que no tuviera su *soufflé*. Pero el «castigo» me parecía un gesto injusto y soberbio.

—No me parece normal que no esté nunca aquí, esto tiene que cambiar.

—Alberto, en primer lugar, estamos invitados y, en segundo, has sido completamente injusto. Así no se trata a la gente. No he querido decir nada delante de ella, pero creo que deberías disculparte. —Se quedó callado, enfurruñado, como un niño pequeño—. No sé qué te ha pasado, pero me he sentido muy incómoda.

—Sí, creo que me he pasado.

—Pues sí.

En ese momento entró Emma con los sorbetes.

—Emma, olvida lo que te he dicho antes. Llevo un día muy tenso... no tiene sentido. Es que me gusta tanto tu *soufflé* que he perdido los nervios —dijo con esa sonrisa que sabía poner cuando quería.

—No se preocupe, señor, esta noche les haré uno bien grande. ¿A qué hora vendrán a cenar? —preguntó, dirigiéndose a mí.

—A las ocho. A las ocho estará bien.

Al final, mi vida tampoco estaba tan en mis manos. Poco después de aquella conversación con Alberto, me dijo que el viaje a Turquía se había adelantado y que se iba en dos días. Me preguntó de nuevo si quería acompañarle, pero yo, firme en mi orgullo y mi mentira, dije que no, que no podía. Él, en cualquier caso, insistió en que esperaba que mis obligaciones me dejaran algún día libre y pudiera ir a visitarle, aunque fuera un fin de semana. Esos dos días pasaron volando. Y agradecí que estuvieran fuera Elisabeth y Henry —habían ido unos días a París— y que Arthur aún no hubiera vuelto de su viaje.

Estar en Stanley House sin los anfitriones y especialmente sin Alberto se me hacía muy cuesta arriba, así que decidí volverme a Madrid.

Como ya se había convertido en costumbre, al llegar a Madrid los hechos me arrastraron. Yo estaba paralizada, no tenía ni idea de qué hacer, pero una llamada de mi amigo Luis me hizo reaccionar. Dejando a un lado nuestra complicidad y el vínculo afectivo, Luis era de esas personas que siempre han sabido dirigir la vida de una manera práctica. Había tenido una inmobiliaria, había hecho muchísimo dinero y tenía un olfato especial para los negocios. Le conté la situación en tres frases; no hacían falta más: «El dinero que tenía ahorrado se me empieza a acabar, Alberto me está volviendo loca y no sé qué voy a hacer en mi vida». Él respondió inmediatamente: «Vente para acá, ya te contaré con detalle, pero al menos hogar, tienes, y piscina, y a mí, y buen tiempo».

Al día siguiente estaba en esa casa que era casi la mía. Luis y yo nos habíamos criado juntos en el mismo colegio de Madrid, pero él se casó muy joven y se fue a vivir a Marbella. Fue durante el *boom* inmobiliario y las cosas le habían ido bien. Se había separado y desde entonces vivía de maravilla en su casa de Guadalgrande, la urbanización más selecta de Marbella, una villa decorada con todo lo que había ido comprando en sus viajes a lo largo del mundo, con una piscina, sauna, *jacuzzi*... en fin, una casa acogedora y perfecta para un hombre guapo, con éxito, divertido, al que los casados envidiaban, los solteros odiaban y las mujeres en general idolatraban.

Ambos nos conocíamos muy bien, como él decía cada vez que le contaba algo que estaba claro que no iba a cumplir o una verdad a medias: «A mí no me digas tonterías, que te conozco metida en un saco».

Así que cuando llegué y le vi la cara, me di cuenta de que algo no iba bien. Me abrió la puerta del garaje y mientras bajaba, antes de darle un abrazo le miré bien. Él sonreía, pero era una de esas sonrisas de «por no llorar».

—¿Qué pasa? —me preocupé. Luis era optimista por naturaleza, y si tenía ese gesto, era que algo grave ocurría.

—Anda, anda, pasa y te sientas y te cuento —me dijo mientras me abrazaba.

Cruzamos la cocina en silencio, algo raro en nosotros, que nada más vernos nos empezábamos a contar novedades. No llegué ni a dejar la maleta en «mi» cuarto. Realmente era la habitación de invitados, pero él la llamaba «el cuarto de Marta». Desde que murieron mis padres, Luis se había convertido en mi familia y ese dormitorio, en algo parecido a mi habitación.

—Pero ¿qué pasa? Me estás preocupando —le dije, sentándome en mi sofá.

—Es largo de contar, pero, así, en resumen: el banco nos ha quitado la línea de crédito y estoy arruinado. He cerrado la inmobiliaria y no tengo un duro. Miento, tengo cincuenta euros, que le dio cosa al del banco dejarme sin nada —soltó de carrerilla, intentando quitar hierro al asunto.

Le miré y me di cuenta de que era cierto, no era una broma.

—Pero... pero ¿cómo no me has dicho nada?

—Mujer, te acababas de separar, no tenías casa, estabas con un mogollón con el jinete ese que no veas y la verdad es que esto se ha precipitado en estos tres últimos días, hasta anteayer pensaba que había alguna solución.

—Bueno, ya, pero...

—¿Pero qué? ¿Para qué preocuparte? Si además no había solución. Si yo supiera que tú tenías quinientos mil euros para dejarme, te habría llamado, pero no es el caso. Que no hay nada que hacer, así es la cosa.

—Oye, con el jinete, ¿con qué jinete? —pregunté, sabiendo la respuesta.

—Con el Coronel Tapioca ese —respondió.

Estaba claro, Luis era el de siempre, las desgracias no iban a poder con su ironía.

Yo le hice un resumen de lo que había pasado en mi vida durante los últimos meses, que había estado sin mantener demasiado contacto con él, deshice la maleta y, por inercia, me cambié, como siempre, para ir a cenar fuera. Luis jamás comía en casa. Cuando salí maquillada y con mis tacones, él me miró divertido.

—¿Tú adónde vas? ¿Has quedado?

—No..., bueno, ay, Dios mío, que no me había dado cuenta. Pero ¿tienes algo para cenar?

—Me quedan varias latas de caviar, el jamón que tengo en la despensa y, no sé, debe de haber alguna que otra lata por ahí... Ah, y vino no falta, la bodega la tengo a rebosar, pero estoy pensando en venderla, así que vamos a aprovechar.

—A mí me quedan como mil euros, así que tenemos algo, habrá que administrarlos bien.

—No te preocupes. Digo yo que por la bodega me pueden dar como diez mil. Pero ahora mismo ando regular de *cash*, transitoriamente, ¿eh? Esto es una anécdota de un momento.

—Claro, hombre, por supuesto. Menudo eres tú. Estaba pensando, la gente rehipoteca su casa, ¿no? Lo mismo por ahí...

—No, déjalo, no vas a entenderlo, está rehipotecada de antes. Da igual, tú déjalo, que lo tuyo no son las finanzas y trae una botella del burdeos que hay a la entrada de la bodega, la caja que está encima de las de Cristal. Que voy a ir poniendo la mesa.

—¿De cristal? Si son todas de cristal... —repliqué.

—Ay, de verdad. De Cristal, el champán —contestó Luis.

—Ah, bueno, vale, que a mí no me gusta el champán.

Los primeros días en casa de Luis pasaron sin demasiadas alteraciones. Ya no hacíamos cosas como cenar y comer fuera, ni salíamos de copas, ni íbamos a la playa de moda para alquilar una hamaca tipo cama balinesa y tomar una botella de ese Cristal, que tanto le gustaba.

Debo reconocer que el ambiente de Marbella nunca me había entusiasmado, pero sí había cosas que hacían la vida más cómoda y restaurantes allí o en los alrededores que echaba de menos mientras íbamos esquilmando la despensa de Luis. Pero no pasaba nada, nos reíamos y yo, mientras tanto, seguía en contacto con Alberto y eso me tenía entretenida. Entre los mails y el Skype era como si estuviera con él, y que me negara a ir a verle a Capadocia, donde estaba buscando caballos y entrenando para el viaje que preparaba, parecía que incentivaba su interés.

Él insistía en mandarme los billetes, para unos días de visita, pero yo tenía muy claro que no podía ir sin un duro, así que mantuve mi cuento sobre aquel proyecto que me tenía estresadísima y me impedía moverme de España y, aunque me moría de ganas de estar con él, me daba cuenta, como bien apuntaba Luis, de que lo mejor que podía hacer era rechazar sus invitaciones y hacerme la ocupada. «Él está acostumbrado a tratar con mujeres que hacen como que trabajan —me explicaba con su sabiduría masculina y su conocimiento del alma femenina—, pero que realmente no dan palo al agua y que lo que quieren es dejar incluso de hacer como que trabajan. Te apuesto lo que quieras a que ninguna le ha dicho nunca que no a una invitación a un viaje, así que lo tuyo no acaba de entenderlo. Mira, la ruina te viene muy bien para conquistar al Coronel Tapioca, que a mí no acaba de parecerme trigo limpio, pero lo mismo me equivoco». Después de comentarios como este nos reíamos, porque yo, en el fondo, a esas alturas, empezaba a intuir que mi amigo del alma tenía toda la razón del mundo. Pero la cabeza, por aquel entonces, no me regía bien, tenía la sangre en otra parte de mi cuerpo. Y el corazón también lo tenía enajenado.

Así que cuando un día que había quedado para hablar por Skype con Alberto, no conseguí conectarme a internet y descubrimos que no estaba averiado sino que nos lo habían cortado, le dije a Luis:

—Pues ahora sí que voy a tener loquito a este hombre, porque como esté sin wifi, ni WhatsApp, ni Skype, ni mail, va a ser complicado conectar con él... por aquí cibercafés no hay, ¿no?

—Pues no —respondió Luis comiéndose la última lata de ventresca que nos quedaba—. Supongo que habrá en el centro, pero mejor, mejor, que con lo *apretá* que tú eres, te vas a convertir en Matahari sin querer. A tus pies, ya verás. Porque lo de contarle la verdad y decirle que te han echado y que estás con tu amigo el de la casa estupenda, que se ha arruinado y le han cortado el teléfono, no lo barajamos, ¿no?

Mi mirada dejó clara mi respuesta.

—No, no, claro, se nos va la estrategia a la basura. Cómo sois las mujeres, total *paná* —replicó Luis, sirviéndome un poco de champán—. Anda, bebe.

—Pues anda que los hombres... —respondí yo, defendiéndome.

—De mí no hables, que yo me he retirado, paso de vosotras.

—Pues haces mal. Y además es mentira, no pasas. Pasas de casarte otra vez.

—Vale, pues bien.

—Pues eso.

—Pues bebe, anda, que te va a hacer falta y además esta es la última botella que nos queda.

Capítulo 12

Las semanas siguientes fueron decisivas en la relación con Alberto y en esa nueva vida. Demasiados cambios juntos. Tenía que reconocer que había sido una privilegiada y que había sabido aprovechar las oportunidades, pero era la primera vez en mi vida que me preocupaba el dinero, es decir, que me faltaba.

Mi familia siempre había tenido una buena posición y la ruina paterna me pilló en una época en la que yo ya tenía mi propio sueldo. Llevaba trabajando desde que había acabado la carrera, con puestos en los que ganaba mucho más de lo que me hacía falta. Pero la situación en la que me encontraba, viviendo en una de las mejores zonas de Marbella pero sin ninguna expectativa, me tenía completamente bloqueada. Gracias al carácter de Luis, que era capaz de enfrentarse a todo con una falta de dramatismo encomiable, transformé aquello en una especie de juego, aunque a veces las fuerzas me fallaban y la angustia me paralizaba y a Luis estaba claro que también, aunque disimulara.

Pero los detalles de la intendencia eran minucias, pues en esa época estaba más pendiente de Alberto que de cualquier otra cosa.

Primero, los viajes con él, la estancia en Londres, habían sido una especie de limbo y ese refugio en Marbella también lo era. Me sentía protegida y absolutamente confundida.

Intentaba no mirar demasiado los movimientos bancarios, como si el dinero se gastara al conocer el saldo de la cuenta, no al sacar billetes de un cajero o al pagar en un establecimiento con la tarjeta. Estaba noqueada. Ni siquiera me había puesto a pensar en cómo podía volver al mundo laboral y es que tampoco ayudaba que día sí día también recibiera mensajes de mis amigos y conocidos contándome que los habían echado del periódico, de la revista, de la radio... o pidiéndome trabajo o informándome de que cerraban un nuevo medio de comunicación.

A mí, en esos días, lo que realmente me preocupaba era que nos habían cortado el wifi y que aquella noche no podía hablar con Alberto. No me acuerdo qué disculpa le puse aquel primer día en el que habíamos quedado para hablar por Skype y vi que no tenía acceso a internet. Probablemente le dije que había tenido una avería en la línea. Él me mandaba mensajes de texto preguntándome si todo iba bien y yo, a esas horas, a las once de la noche, no sabía adónde ir para poder conectarme o mandarle un mail y no tenía saldo para enviar un mensaje internacional, así que hasta el día siguiente no pude decirle nada. Él tampoco había insistido demasiado, limitándose a mandar un par de mensajes.

Esa noche dormí mal y me levanté muy pronto. A la media hora estaba en el centro de Marbella. Lo único que estaba abierto eran bares de desayuno, ningún locutorio y ni una cafetería, así que pensé que una buena opción era acercarme a algún hotel de lujo, que tendrían wifi. Fui al Marbella Club, me senté en una de las mesas del jardín y vi que la red inalámbrica estaba encriptada. Cuando estaba a punto de levantarme para irme, vi que se me conectaba el ordenador. Lancé un suspiro, como el alcohólico que está a punto de tomarse una copa de vino y me acordé de que hacía un año y pico había estado allí entrevistando a Julio Iglesias y que había tenido que mandar la crónica desde ese mismo sitio, así que el aparato reconocía el wifi. En ese momento se acercó el camarero para preguntarme qué quería tomar. Le miré como si estuviera concentradísima y le dije que no, de momento nada, que estaba esperando a alguien. No iba a gastarme siete euros en un café, estaba claro. Me di cuenta de que no es del todo difícil seguir disfrutando de los sitios de lujo si tienes la pinta adecuada y que si has tenido mucho dinero, hay privilegios que se mantienen.

Entré en mi correo con el corazón a punto de estallar. Conecté el teléfono al WhatsApp, el ordenador a Skype, al Messenger de gmail, al de Facebook... Rezaba para que Alberto estuviera conectado y pudiéramos hablar, pero nada. Allí era una hora más, pero debía de seguir durmiendo. Abrí mi correo y no había ningún mail suyo, así que le escribí diciéndole que sentía no haber podido conectar, pero que había problemas con la red en la zona y que había sido imposible. Mientras le contaba lo bien que se estaba en Marbella y le mandaba una foto del Marbella Club, con sus palmeras, su piscina vacía y su lujo tan de los setenta, explicándole que había ido allí a desayunar, empezaron a entrarme todos los mensajes de WhatsApp. Había uno de Alberto, de la noche anterior, diciendo que estaba esperando en Skype, que si tenía algún problema, otro de una hora después diciendo que se iba a dormir, que imaginaba que no iba a poder conectarme y que si me venía bien él estaría libre al día siguiente a mediodía. Y otro de las cuatro de la madrugada, en inglés, que decía: *«My turkish princess: you just gone but still smealing you. Your lips on my skin. Thousand kisses deep»**.

El corazón empezó a latirme, me empapé de un sudor frío. Estaba claro, acababa de despedir a alguna chica turca y, probablemente borracho, se había confundido y me había mandado eso. Estaba tan furiosa que no podía ni llorar. En ese momento pasó de nuevo el camarero, se me quedó mirando y se acercó para preguntarme si estaba bien. Debía de estar lívida. Yo musité que sí y volví a leer el mensaje. Respiré hondo e intenté no dejarme llevar por el pánico. Necesitaba hablar con alguien, pero eran las nueve de la mañana. En ese momento, como si todos los dioses se hubieran conjurado, oí el sonido de que alguien se conectaba a Skype, era Alberto. No, no quería hablar con él. En ese momento no. Un segundo más tarde sonó una llamada, pensaba que era él,

---

* «Mi princesa turca, te acabas de ir pero aún te huelo. Tus labios están en mi piel. A mil besos de profundidad» (parafraseando a Cohen).

pero no, era Elisabeth. No me apetecía mucho hablar con ella, pero pensé que lo mismo era algo importante, así que contesté.

—Querida, ya lo sé, es tempranísimo, pero te he visto conectada y, como iba a mandarte un mail, he pensado que sería mejor hablar directamente. Pero ¿estás bien? Tienes muy mala cara, debo decirte. Oh, pero si estás en mi rincón favorito del Marbella Club. ¿Qué haces ahí? Oh, no paro de hacerte preguntas, con lo temprano que es. —Elisabeth lo dijo todo seguido y solo se detuvo para coger aire y reírse.

—Sí, sí, nada, es que es muy pronto, tenía que hacer cosas y he venido a tomar algo aquí, que me encanta. ¿Cómo estás tú?

—Bien, yo bien, bueno, aquí muerta de frío, no para de llover y me voy a ir a mi casa de Marbella. Quería saber si vas a estar por allí y... Hummm, Marta, ¿estás bien? ¿Ha pasado algo?

Estaba claro, no podía disimular más. Estaba hablando con ella, pero la cabeza la tenía en el maldito mensaje. Se me estaban saltando las lágrimas. En circunstancias normales no le habría contado nada, pero en ese momento me sentía la persona más desvalida del mundo, necesitaba compartir aquello con alguien y, al fin y al cabo, Elisabeth era una de las pocas personas que nos conocían a Alberto y a mí.

Le conté lo que había sucedido (en su versión oficial, es decir, comentando que se había estropeado el ADSL) y lo del mensaje que acababa de recibir. Se lo leí y ella me preguntó la hora, la de los mensajes anteriores. Si tenía algún mail suyo. Todos los detalles para poder emitir un juicio.

—Lo mismo estoy siendo muy desconfiada y el mensaje no era para mí... —dije sin demasiado convencimiento, pero también dejando una vía libre a Elisabeth. Si no tenía ganas de entrar en el análisis de aquello, podía dar por buena esa suposición y dejarlo pasar.

—Podría ser, pero no sé, ahora soy yo la desconfiada. ¿A ti te escribe habitualmente en inglés? ¿Lo ha hecho antes?

—No..., la verdad es que no. Bueno, si soy sincera, está claro que es para otra...

—No he dicho eso, puede ser que estuviera muy cansado, y si allí escribe en inglés todo el rato, le saliera así... El mensaje puede estar dirigido a alguien que acaba de irse y también a ti, como recordándote. Eso es cierto.

—Sí, y esa despedida, en inglés, sí me la pone siempre.

—Marta, yo, una vez muerto Gary, descubrí unas cartas que nunca debí haber visto y en ellas llamaba a su amante *honey*, como hacía conmigo, así que este detalle no cuenta.

—O sea que se está acostando con otra...

—Yo no he dicho eso. Tenemos las mismas probabilidades de que sea así y de que no. Y creo que vas a sufrir menos si piensas que no. No hay un nombre, no hay nada que lo confirme. ¿Que yo me enfadaría si me pasara? Sí, pero si te da una buena explicación, no me cerraría en banda.

—Ahora no quiero hablar con él. De todas formas, es raro porque está conectado, me ve conectada y no me llama.

—A lo mejor le sale que estás ocupada. Vamos a colgar y a ver qué pasa. Yo llego pasado mañana allí y me han invitado a una cena en casa del cónsul de Holanda, quería decírtelo para que me acompañaras; será aburridísima, pero tengo unos cuadros que le pueden interesar y tengo que ir, y si vamos las dos nos divertiremos. No le des más vueltas.

—Claro, vamos juntas. Sí, a ver si consigo no darle vueltas. Voy a colgar a ver si contacta. Si no contacta, casi mejor, ¿no? Porque si lo hace, es que se siente culpable.

—Sí, si está excesivamente cariñoso, no hay duda, se está acostando con otra... —dijo muerta de risa Elisabeth—. Absolutamente, es una prueba irrefutable. Oye, es broma. Bueno, no del todo. Tú eres intuitiva, habla con él. En la primera frase lo vas a saber.

—Vale, pues cuelgo, cuídate.

—Y tú, y si vas a hablar con él, píntate los labios y ponte un poco de colorete, pareces un espectro, querida. Si ha pasado la noche con otra, que te vea guapa, al menos. Ay, te dejo, viene a recogerme el chófer de Henry, que tengo que hacer unas compras.

—Hasta pasado mañana —dije, cortando la conexión. El punto verde de Alberto seguía ahí, conectado, pero no me llamaba. Bueno, habían pasado tres segundos. Me maquillé un poco y le llamé. No contestaba. Pensé que era buena señal, si hubiera hecho algo malo, habría respondido. Pero también era posible que estuviera con otra o que se hubiera enfadado conmigo. Empezó a entrarme una ansiedad incontrolable. Que yo intentaba parar con mi lado racional. Llamé de nuevo y sí, lo cogió.

—Hola, hola, ¿estás ahí? Hola. Por fin. Acabo de recibir tu foto y tu mail. ¡Oh, cómo vives de bien! Y qué faena lo de internet, ¿no?

—Sí, siento no haber podido conectar, a lo mejor estabas preocupado.

—Me imaginé que estabas por ahí y no habías podido llegar a tiempo, no te preocupes. Yo había estado todo el día montando y estaba agotado...

—Ah. —En ese momento iba a decirle que no estaría tan agotado porque había mandado un mensaje a las cuatro, de una manera suave, no quería parecer una histérica. Pero no pude.

—Ay, preciosa, lo siento, me tengo que ir pitando. Me está llamando Selim, el dueño de los caballos. Ha habido un problema con uno y tenemos que llevarlo a Ankara. Hoy estaré todo el día fuera, pero si quieres nos citamos para un Skype mañana, ¿a mediodía? —preguntó, dando por hecho que sí.

—Vale, bueno, no sé si... Bueno, sí —contesté, viendo que de lo contrario no iba a poder hablar con él.

—Estupendo, cuídate y no rompas muchos corazones. Estás guapísima, preciosa.

Allí me quedé, con la pregunta en la boca y un corazón partido, el mío. «No rompas muchos corazones». ¿A qué venía ese comentario? ¿Era un lapsus porque eso era precisamente lo que estaba haciendo él? Volvió a pasar el camarero, me preguntó por tercera vez que si todo iba bien y yo, en vez de ser amable y corresponder a su gentileza —estaba claro que no lo hacía para presionarme, sino por atenderme—, le solté:

«Sí, sí, muy bien, muy bien, ya me voy». Él me miró como si estuviera loca, con toda razón, porque se suponía que era una clienta del hotel. Yo recogí mis cosas, salí como si me persiguieran y llegué a casa de Luis. No encontraba las llaves y me puse a llorar. Llamé al timbre, sin acordarme de que Luis no abría si llamaban, se negaba a que le leyeran el contador de la luz, que llevaba sin pagar dos meses. Pero no tenía batería, así que después de mucho insistir, me abrió. Al verme la cara, sin preguntar, me cogió del hombro y me hizo pasar.

—¿Qué te ha hecho el Coronel Tapioca?

Yo me puse a la defensiva:

—Nada, nada, creo que son cosas mías —balbuceé. Le conté lo que había sucedido y él no me hizo ningún interrogatorio. Para los hombres los detalles no importan.

—¿Tú eres idiota o qué? A ver, ese mensaje es de que te despiertas y te acuerdas de la persona y lo mandas. Era para ti, y lo mismo te lo manda en inglés para hacerse el guay, que el Coronel Tapioca me pega que sea de hacerse el guay. Y ya está. No le des más vueltas. Y por lo que me cuentas, lo mismo hasta lo ha hecho medio ambiguo para ponerte celosa, que a lo mejor estaba mosqueado con lo de que no conectaras por Skype.

—¿Tú crees? —pregunté, viendo el cielo abierto.

—No creo, porque nosotros somos: «Dos y dos son cuatro», pero este parece más rebuscado, así que puede ser que tenga ese lado femenino a la hora de hilar.

—Hombre, él me dijo que pensaba que estaría por ahí y por eso no me había conectado.

—Ay, ¡qué poco te conoce! Tú te hubieras vuelto de donde fuera, vamos. ¿Pero ves?

—Bueno, y la verdad es que luego me ha dicho que no rompa corazones... sí, puede que tengas razón.

—Anda, venga, déjalo ya. Pues claro, qué ganas de complicarte la vida, de verdad. Esto no tendrá que ver con lo de Juan, ¿no? Que ahora vas a pensar mal de todo el mundo.

—Ahí pensé mal, tú me decías que estaba loca y resulta que acerté.

—Este caso es distinto, de verdad, no te vuelvas paranoica. A ver, míralo desde su punto de vista. Ayer no te conectas y hoy a las nueve estás en el Marbella Club. Podría pensar que te habías acostado con uno en el hotel y que estabas desayunando porque el otro se había ido ya.

—Jopé, eso no podría hacerlo, menudo morro. Vamos, sería para matarme.

—Pues como un hombre lo haría sin problema, podría pensarlo él de ti. Así que no le des más vueltas. Que tú hasta que no se acueste con una turca no vas a parar, ¿eh?

—Entonces no le digo nada, ¿no?

—Pues no, mejor no. Y deja de darle vueltas. Ah, y no es por nada, pero creo que tendremos que ir a la compra. La despensa está vacía. Me he ido a hacer un Nespresso y no hay cápsulas y para comer tampoco tenemos ya nada.

—A mí, en la tarjeta de crédito, creo que me quedan como cincuenta euros. ¿Vamos al Mes? Yo, cuando estudiaba la carrera, compraba allí y no puede ser más barato.

—¿Al Mes? Pero si está todo caducado y dicen que los reponedores tienen que ir con botas de agua porque hay ratas.

—¡Anda ya! No está todo tan bonito como en el súper de El Corte Inglés, pero no hay otra. Porque de momento no tenemos un duro. Bueno cincuenta euros hasta no sé cuándo.

—A ver si a mí me levantan el embargo y puedo usar mis tarjetas. Menos mal que el abogado me fía, que si no...

—Sí, pero de momento esto es lo que hay. Así que vamos al Mes.

—Pero a uno lejos, que paso de que la gente me vea entrar allí, y llévate alguna bolsa de El Corte Inglés y metemos ahí las cosas, que lo que sí que no voy a hacer es ir con las bolsas por la calle. Marta, por Dios, que esto no se nos olvide: si la gente sabe que te va mal, jamás saldrás de donde estás. A los desgraciados nadie les ofrece una oportunidad, hay que hacer como que estamos forrados. Eso lo decía mi padre y es cierto. Que no se nos olvide, ¡nunca!

—Sí, sí, nunca. Eso es el Evangelio. Cierto.

Después nos terminamos acostumbrando, pero esa primera compra en el Mes la recordaré toda la vida. Luis se puso una gorra. «No por nada, pero aquí, aunque a mí me parezca una estupidez, la gente es lo que parece, y como algún cliente me vea entrar aquí, no vuelvo a vender un chalé». A mí me entraba la risa, me parecía ridículo, pero le entendía. Yo agradecía las payasadas de mi amigo. Sabía que él por dentro llevaba su drama particular, que estaba realmente preocupado. No había más que verle. Aquel flequillo rubio, que tenía desde pequeño, empezaba a ser casi blanco y había adelgazado casi diez kilos, lo cual ya le había comentado que no le venía mal, porque después de cumplir los cuarenta había empezado a dejar de poder definirse como atlético. Pero sí, estaba angustiado, aunque conmigo jugara a que no pasaba nada.

En el fondo, los dos nos estábamos haciendo bien. Teníamos que «actuar» en teoría para que el otro no se sintiera mal, pero también era una buena terapia para nosotros. Como los chinos que se obligan a sonreír cuando están tristes y ese gesto les hace sentirse menos deprimidos.

Una vez en el supermercado, Luis demostró que no había hecho muchas veces la compra y se volvió loco con los precios. Si había una oferta de seis kilos de manzanas por 1,25 euros el kilo, él quería comprarlas, aunque fuéramos dos personas y se fueran a pudrir. Después de veinte minutos, dejó claro que era el consumidor perfecto, se creía todos los «dos por uno» y metía en el carro lo que era más brillante y colorido. Afortunadamente, yo sí sabía hacer una compra.

Llenamos nuestras bolsas de El Corte Inglés y nos pusimos en la cola. Llegó nuestro turno y oímos a la cajera: «Sesenta y cinco euros, ¿con tarjeta o en efectivo?». Luis y yo nos miramos con horror, como si hubiera dicho: «Hay una bomba en el establecimiento». Yo musité un «con tarjeta», miré a los de la cola que me observaban con cierta prisa, alcé la vista hacia Luis y él tomó las riendas.

—Ay, mira, puedes quitar cosas, ¿no? Cómo es mi mujer, mira que meter esta caja de galletas, si está a régimen, y las cápsulas falsas de Nespresso, ya nos tomaremos un café normal, y la mantequilla, la mantequilla es veneno, y esta caja de leche, mira, con un litro tenemos de sobra, si yo no tomo leche, ay, qué mujer.

La cajera le miró y le dijo, con absoluta normalidad:

—Vale, ahora se queda en cuarenta y ocho, ¿tienen suficiente?

—Sí, tenemos suficiente —contesté, con resignación.

Capítulo 13

La llegada de Elisabeth me provocó una mezcla de alegría y de cierta incomodidad. Hasta entonces estaba todo más o menos controlado. Con no salir demasiado de casa o hacerlo únicamente a cenas de gente conocida donde no había que gastar, no tenía que dar demasiadas explicaciones. Pero con Elisabeth era distinto, aunque pasados los primeros días de su estancia en Marbella, me relajé. Me di cuenta de que ella tampoco gastaba demasiado. Como bien decía Luis, lo bueno de ser rico es que todo el mundo te invita. Y era cierto. Ir con ella era no tocar el monedero y ese agobio de ¿cómo voy a ir a cenar a tal restaurante con ella?, ¿qué hago si me dice que vayamos a tomar un *gin-tonic* a Monico's? se disipó.

Durante aquellos días nos hicimos inseparables. Aunque en Marbella conocía a todo el mundo, no tenía amigos íntimos y yo me sentía en la obligación de acompañarla y responder a lo buenísima anfitriona que había sido en Inglaterra. Por otra parte, no me costaba nada porque me lo pasaba de maravilla con ella.

La vida social era intensa pero no tanto como en Londres. Elisabeth llevaba una rutina bastante austera. En eso me recordaba a mi abuela, que cuando hacía vida social era desbordante, pero cuando no salía, comía poco, bebía agua y vivía casi como una asceta. No por una cuestión filosófica, aunque quizá fueran más profundas de lo que ellas decían, sino por cuidarse y aparecer resplandecientes cuando tuvieran que ir a una recepción. Esa forma de encarar la vida me había parecido siempre misteriosa cuando vivía mi abuela y Elisabeth la llevaba al extremo. Eran mujeres que vivían hacia fuera y en la intimidad casi no hablaban ni cometían un exceso. Era como si emplearan toda su energía para hacer vida social y al volver a casa se dedicaran a recargarla y a prepararse para la próxima fiesta.

Durante el día Elisabeth no salía. Comía un plato de lentejas y una ensalada, siempre, todos los días. Una costumbre con la que se había familiarizado en India, decía, y que la hacía mantenerse con un tipo fantástico porque, según explicaba, las lentejas tienen un índice glucémico bajísimo. Se dedicaba no estaba muy claro a qué, aunque ella decía que a «atender la correspondencia», y a eso de las ocho de la tarde se activaba. Tardaba alrededor de dos horas en arreglarse, lo cual a mí me parecía incomprensible, yo también tenía mi punto femenino, pero siempre había sido rápida en todo, desde arreglarme hasta tomar una decisión importante o elegir un vestido.

A mí me parecía atractiva y familiar esa hiperfeminidad y esa manera de ver la vida tan superficial en apariencia. Y creo que a Elisabeth le gustaba mi versatilidad. Ella era una persona muy inteligente, culta, y las mujeres con las que normalmente se relacionaba se quedaban en los cotilleos de sociedad. En cambio, conmigo podía hablar de la crisis nuclear en Irán y cómo había engordado Kate Middleton desde que había sido madre.

Nuestra amistad tardó en ser profunda, de confidencias. Durante mi estancia en Londres habíamos establecido un lazo muy estrecho, pero estaba claro que ella no era una persona cercana, campechana, que te cuenta su vida ni se mete en la tuya. Con ella todo eran dobles sentidos e insinuaciones y dar las cosas por sabidas. A mí me gustaba esa manera de ser, pero a veces echaba de menos un momento de confidencia real, de corazón a corazón. Con ella era difícil. Elisabeth no daba pie a preguntar y yo no insistía.

Eso sí, vivía casi con la misma intensidad que yo la relación con Alberto, aunque no tenía todos los datos y lo cierto es que tampoco podía hacerse una idea real de cómo era yo verdaderamente porque no le contaba la realidad. Pero ella siempre me había dado su opinión y se notaba que le divertía ejercer de consejera en ese tema. Yo, al verla tan segura, tan «mujer fatal», no se me ocurría contarle mis debilidades, mi dependencia. No le decía que estaba loca por verle y que esa especie de displicencia, de «Oh, estoy muy ocupada y ahora debe de hacer taaanto calor en Turquía» con la que explicaba mi presencia en Marbella y mi ausencia en Ankara era absolutamente falsa. Así que Elisabeth debía pensar que era como ella aparentaba. Fría, distante y que no me costaba nada seguir sus consejos.

Sus recomendaciones consistían en el clásico una de cal y otra de arena, que así dicho parecía muy fácil, pero a mí me daba la sensación de que o echaba demasiada cal o demasiada arena y que la pared se me iba a caer encima de un momento a otro. Yo no tenía práctica con esto de lidiar con un hombre como Alberto, que nunca demostraba sus emociones y que siempre estaba a un centímetro de poder agarrarlo. Él sí dominaba el arte de la cal y la arena, aparte de otros muchos, pero yo nunca había necesitado ningún truco para atraer a nadie. Mi vida sentimental había sido bastante fácil, sin grandes desengaños ni grandes conquistas. La atracción había sido mutua y sí, siempre había tenido ciertos nervios si una llamada se retrasaba, pero no tenía ni punto de comparación con lo que sentía durante mi relación con él. Esa especie de vértigo continuo que me hacía estar siempre alerta y pensando en mi siguiente movimiento.

De hecho, dejé de hablar por Skype en casa de Elisabeth, porque pese a que lo hacía en su dormitorio, el chalé era pequeño, y era obvio que aunque ella pusiera música e intentara dejarme intimidad, algo oía. Así que me sentía como una estúpida, fingiendo delante de todo el mundo. Pero la mentira es una adicción, una lleva a otra y así hasta que ya no hay vuelta atrás —cree uno—, y o bien destruye todo desde el principio o la madeja nunca se desenreda.

Recuerdo el día que decidí que lo mejor era ir a un sitio con wifi, donde nadie me conociera, para hablar con Alberto. Estaba en casa de Elisabeth, habíamos estado tomando el té. Haciendo tiempo hasta nuestra cita virtual.

Henry la acababa de llamar y era increíble cómo le trataba. Él la telefoneaba todos los días, exactamente a las seis y media de la tarde porque era, según sus palabras: «Una hora en la que siempre estoy en casa». La actitud de Elisabeth cuando se refería a él era casi despectiva, pero estaba claro que le adoraba. Si algún día, excepcionalmente, se retrasaba en llamar cinco minutos, Elisabeth se ponía nerviosísima y a mí me encantaba verla así porque me sentía menos estúpida.

La reina de hielo, esa mujer que parecía tenerlo todo controlado, también tenía sus debilidades. El día que lo descubrí me sentí un poco mejor. En cualquier caso, sus conversaciones con él eran siempre parecidas. Cogía el teléfono como si no supiera quién era y luego le trataba con una frialdad increíble. Respondía con monosílabos y la despedida era normalmente un: «Y yo, y yo, venga cuelga, que tengo que arreglarme/está aquí Marta/vienen a recogerme/estaba echándome la siesta», cualquier disculpa absurda. Aquel día estuvo especialmente antipática, y cuando colgó, no pude evitar hacerle un comentario.

—Pobre Henry, ¡cómo le tratas!

—Pero si es que no tengo nada que contarle ni él a mí. No sé a qué viene esa manía de llamarme todos los días.

Yo sonreí y no comenté nada del ataque de histeria que le daba cuando no sonaba el teléfono a las seis y media en punto.

—Pues que está loco por ti y necesita hablar contigo. Yo lo entiendo.

—Bueno, bueno, que se aburre.

—Pero cuando estás en Londres, ¿también te llama?

—Sí, claro —contestó Elisabeth, casi ofendida ante mi posible duda.

—No, pensaba que era solo cuando estabas de viaje...

—No, no, lleva llamándome trein... bueno, no sé, como veinte años.

Obviamente, debían de ser treinta, pero teniendo en cuenta que Elisabeth confesaba cincuenta y cinco, no casaban las fechas, así que lo dejamos en veinte.

—Me encanta que después de tantos años tengáis esta relación, la verdad, me dais tanta envidia.

—Supongo que ahí está la clave de la relación, en que realmente nunca he dejado que se convierta en una relación.

—Pero... no sé, lo mismo estoy siendo muy indiscreta, si quieres cambiamos de tema...

—No, no, por favor, querida, somos amigas, sé que puede parecer raro.

—Bueno, no sé, que es evidente que no sois solo amigos... y le llames como le llames, todo el mundo os trata como si estuvierais casados.

Elisabeth soltó una larga carcajada echando el pelo coquetamente hacia atrás.

—No, claro... pero después de tantos años con Gary y de un matrimonio maravilloso, pero también con bastantes, digamos, escollos, decidí no volver a enamorarme, no volver a estar loca por nadie y a no ser la mujer de nadie. Así que jamás acepté las proposiciones de matrimonio de Henry y nunca quise oficializar nuestra relación, debo decir.

—Ya... pero ¿por qué? Entiendo que a lo mejor el amor por tu marido fue algo loco, de juventud y que por Henry no has sentido lo mismo y puedo aceptar que no quisieras casarte, pero lo que no acabo de comprender es por qué no lo presentas como tu novio, tu pareja o lo que sea.

—Porque pretendo estar con él toda la vida.

La miré fijamente para saber si bromeaba o no. Y no, lo estaba diciendo totalmente en serio, aunque con esa mirada pícara que ponía cuando decía alguna excentricidad, algo que le encantaba.

—Ya... creo que sé a lo que te refieres.

—Claro, querida. Tú, por lo que me has contado, has tenido un par de novios y luego un matrimonio feliz, con un hombre estupendo y sin que nadie te hiriera. Pero cuando una ha pasado por el huracán Gary, se queda exhausta y ya valora solo lo importante. Henry es el hombre perfecto. Es inteligente, ha sido uno de los hombres más guapos que he conocido en mi vida...

—Y sigue siéndolo, tiene un aire a Gary Cooper que me imagino que de joven debía de ser de desmayarse.

—Querida, era más guapo que Gary Cooper. Yo, cuando lo conocí, no podía creerlo. Es culto, sensible, atento, buena persona. No sé, lo tiene todo. Y yo tuve la suerte de que se enamorara de mí. Al principio estaba fascinada por él y cuando enviudé, después de un tiempo prudencial, empezó a cortejarme, y yo, también después de un tiempo prudencial... —aquí hizo un silencio dramático y se acercó a mí, en plan confidencia—, después de dos años, accedí a quedar con él a cenar. Fue precioso, absolutamente perfecto. Había diseñado un menú completo en Maxim's, que entonces era un sitio muy divertido, adonde iba todo el mundo, me regaló un anillo y me pidió en matrimonio. Yo, por supuesto, ni acepté la esmeralda (las esmeraldas han sido siempre mis piedras favoritas) ni su propuesta. Pero ahí empezamos a estar juntos.

—Es precioso. ¡Por favor! Adoraba a Henry, pero ya no puede caerme mejor, qué maravilla.

—Alberto también es detallista y es muy guapo.

—Sí, sí, pero no compares... Lo vuestro es de película. Ay, sigue.

—Bueno, pues yo ya tenía una edad y mucha experiencia y conocía de maravilla a Henry. Él era un aventurero, un hombre que había estado siempre de un lado para otro. Si nos casábamos y él seguía haciendo eso, yo sabía que me lo iba a tomar como algo personal, me iba a molestar. En cambio, si no nos casábamos y teníamos una relación más bien indefinida, yo iba a sentirme mejor. Sé que parece una ridiculez, pero yo ya me conocía y prefería no correr riesgos. Por otra parte, sabía que él, como todos los hombres y también las mujeres, si no me tenía del todo, seguiría prestándome atención. —Yo fui a decir algo, pero Elisabeth con un gesto me hizo callar—. Sí, sí, lo sé, todo esto no debería ser así, pero lo es. Y lo cierto es que ha funcionado.

—Pero no sé... ¿Tú te sientes bien con esa situación? ¿No preferirías vivir con él, estar más tiempo juntos?

—¿Vivir con él? Eso jamás. Mira, hubo un momento en el que estuve a punto de aceptar su proposición de matrimonio. Había veces, especialmente en actos sociales, que era un poco incómodo eso de que no se supiera bien qué éramos y cuando una pasa de los cincuenta, hablar de novio queda muy ridículo, pero vivir con él nunca. De hecho, hablamos del asunto, Henry insistía en que legalmente, si a él le pasaba algo y todo eso, era más fácil que estuviéramos casados y no parecía descabellado, pero yo le dejé muy claro que si nos casábamos, desde luego, no quería que viviéramos juntos. La convivencia mata el amor, no ya la pasión, que después de muchos años con alguien se suicida, sin que puedas evitarlo, pero los detalles, los mil dolores pequeños del día a día acaban con cualquier relación, incluso con la de padres e hijos. ¿Por qué te crees que en Inglaterra mandamos a los niños a los internados o si a los dieciocho años no se han ido de casa, los echamos? Por eso, no hay relación que soporte el día a día.

—No, si no te falta razón, pero en España somos de estar todo el tiempo juntos.

—Ya, por eso Lorca escribía lo que escribía... Esos dramas familiares.

—Perdona, pero Shakespeare tampoco se quedaba corto en dramas familiares.

—Sí, pero en la corte, que era una convivencia forzada.

—Oye, deberías escribir un libro sobre el tema: «La convivencia mata el amor» —le dije, sin poder reprimir una carcajada—. Entonces, ese es el secreto de tu relación con Henry... Está bien saberlo. Yo no sé si podría ser tan fría o tan sabia, más bien tan sabia, la pasión acaba perdiéndome.

—Supongo que depende también de la persona con la que estés. Por ejemplo, yo con Gary jamás hubiera podido tener ese tipo de acuerdo, porque nunca me hizo sentir que iba a estar siempre conmigo, como me ocurre con Henry, y la forma de tenerle era tenerle físicamente.

—Sí, quizá es un poco lo que me pasa con Alberto. Por eso no llevo bien lo de estar separados.

—Sí, te entiendo. Alberto me recuerda mucho a Gary en algunas cosas.

—Es estupendo, pero seguridad no puede decirse que te dé...

—Sí, te entiendo. Nunca te lo he comentado, porque tampoco me parecía relevante y supongo que no te gustó demasiado, así que para qué revolverlo, pero aquel día que comimos en casa de Arthur, con ese príncipe de Qatar, no me acuerdo del nombre...

—Sí, el que quería comprar caballos, para algo de unas carreras allí, ¿no?

—Ese. Alberto dijo algo que después tanto Arthur como Henry comentaron en la cena... Cuando el príncipe habló de sus esposas, en plural, y Alberto se puso a defender a capa y espada la poligamia...

—Sí, esa teoría suya de que todo funciona bien porque hay una jerarquía, sí esas cosas suyas, de *Las mil y una noches*, en fin, yo creo que es una pose... No se lo tengo muy en cuenta.

—Puede ser, pero me acordé de algo que Gary también solía decir, hasta que en una cena, ya harta, le di un corte y ya no volvió a mencionarlo en mi presencia al menos, pero esa es otra historia... Quizá sean cosas mías, pero como Gary aplicaba, a su manera, esa poligamia, según supe después de su muerte, pues se me encendieron las alarmas.

—Quizá no fue muy elegante comentarlo delante de mí y de otras personas...

—No es que fuera poco elegante. Fue una ordinariez. Alberto tiene cosas buenas, pero desde luego no puede decirse que se comporte como un caballero.

—Creo que estás exagerando...

—No, sé de lo que hablo.

—No sé —dije, dándole vueltas a algunas situaciones que me hacían no poder defenderle ciegamente en ese aspecto—. Sí, tengo que reconocer que me sentí bastante incómoda, pero realmente lo tomo como una especie de provocación.

—Eso está bien. Pero a Henry y a Arthur les pareció una descortesía, debo decir. Arthur estaba indignado, podría decirse que exageradamente.

—¿Exageradamente? Es un encanto, sí, ni él ni Henry hubieran hecho eso...

—Cuando digo exageradamente me refiero a que probablemente, si no fueras tú la novia de Alberto, no le habría importado tanto —dijo con un tono de confidencia y dejando claro el doble sentido de su frase.

—Ay, qué tonta eres —respondí coqueta y cambiando de tema—. Sí, sí, es cierto. Es tan desconcertante a veces que no sé. Si me tomara al pie de la letra todo lo que dice, estaría enfadada todo el tiempo. —Reí, intentando quitarle importancia al asunto.

—Sí, sé a lo que te refieres. Oye, ¿qué hora es? ¿A qué hora habíais quedado?

—Habíamos quedado en que me llamaba a las siete y media, en cuanto volviera de montar. No está conectado, no sé...

—Pues son las ocho y cuarto. Si quieres mi consejo, y si no lo quieres te lo voy a dar igual, desconéctate y hoy no hables con él.

—Bueno, no pasa nada, está en medio del desierto.

—Tú verás, pero yo...

En ese momento sonó el pitido de conexión a Skype. La miré y con un gesto me dijo que no tenía solución. Me llevé el ordenador a su dormitorio y charlé con Alberto sin comentar siquiera lo de la hora de retraso. Ahora, con el tiempo, me doy cuenta de que jamás le reprochaba nada, tenía la impresión de que si le decía cualquier cosa iba a ser una especie de palabra mágica que rompería nuestra relación. Cuando él lo mencionó, contesté con un «Vale, no te preocupes, ni me había dado cuenta de la hora, estaba charlando con Elisabeth» a su «No sabes cómo lo siento, me he entretenido en la casa de vacaciones que tiene aquí el embajador de Francia, quería contarme unos proyectos que tiene y estaba sin cobertura para avisarte». En el fondo me parecía lógico, no pasaba nada, pero al lado de Elisabeth me sentía como una adolescente estúpida que juega a *femme fatale* con escasos resultados. Ese día fue el que decidí no volver a hablar con Alberto con ella cerca.

Capítulo 14

Aquella conversación con Elisabeth fue muy fructífera o no, según se mire, porque lo que hizo fue acrecentar mi intranquilidad. Poco después de aquello, Alberto me dijo que iba a hacer una *endurance** por Capadocia y que estaría sin cobertura durante los siguientes cinco días. Yo intenté mantener la calma, pero las palabras de Elisabeth y su cara cuando se lo conté no ayudaron precisamente a que la imagen de danzarinas del vientre y Sherezades se me fueran de la cabeza. Y lo peor era que no es que fuera a estar totalmente sin cobertura, sino que: «A lo mejor, en algunos tramos tenía algo y, si es así, te mandaré un mensaje, claro, mi princesa». Yo intenté ser lo más británica posible, pero ya cuando nos despedíamos me salió la vena de matriarca española y, como no podía decirle aquello de: «Llama cuando llegues», le solté un ridículo: «Bueno, pues ten cuidado, por favor, y llevas cosas de abrigo, ¿no? Que por la noche supongo que hará muchísimo frío». No era una despedida muy sofisticada, pero como no podía decir lo que yo hubiera querido, que era: «Por

* *Endurance* es una travesía de varios días a caballo.

Dios, intenta llegar a un sitio con cobertura, porque si estoy sin noticias tuyas durante cinco días, yo me muero», pues solté eso. Él respondió con un desconcertado: «Sí, sí, claro, no te preocupes, vamos bien equipados», para rematar con algo más o menos jocoso que a mí me hizo sentir peor aún: «Bueno, después de estar en la Antártida un mes, creo que esto lo podré soportar. Así es la vida del explorador».

Esos cinco días tenían pinta de ser realmente complicados. El contacto con Alberto era una adicción, y aunque yo intentaba hacer como que tenía todo controlado, me sentía sola, indefensa, desorientada y, por primera vez en mi vida, sin saber qué hacer y sin un rumbo profesional claro. Los días iban pasando y yo cada vez me sentía peor, pero no era capaz de reaccionar, de plantearme si iba a intentar buscar trabajo en lo mío, cambiar de camino, volver a la literatura. Cuando pensaba en ello se me hacía un nudo en el estómago y cuando lo hacía sobre mi relación con Alberto ya no digamos. Así que me dejaba llevar.

Al día siguiente de aquella conversación con Alberto me levanté desazonada y pensé en la angustia que debían de sentir las novias antiguamente, cuando sus amados se iban a la guerra. Esa falta de noticias que una no sabría si era buena o mala, esa ausencia de contacto. Debo reconocer que siempre había tendido al melodrama, pero cuando recuerdo aquellos días sí que me sentía como una de esas heroínas de novela.

Cuando salí al porche, me encontré a Luis tomándose un té y charlando con María, su asistenta de toda la vida. Luis y María se adoraban. Cuando él le había explicado que le iban mal las cosas y que hasta que se recuperara tenía que prescindir de sus servicios, María, en primer lugar, se ofreció a dejarle dinero: «Señor, yo tengo un dinero ahorrado que era para la boda de mi Isabel. Pero mi Isabel, vamos a reconocerlo, casarse no se va a casar o lo mismo sí, que ahora se casan entre ellas... pero vamos, que no voy a pagarle yo la boda, así que ese dinero yo se lo presto, y como usted volverá a ser millonario, porque usted es como su padre que en paz descanse y que Dios tenga en su gloria, y que era un lince para hacer dinero, pues cuando pueda me lo devuelve».

Luis, obviamente, declinó el ofrecimiento. Pero sí aceptó otro, el de que siguiera yendo, no a diario, pero sí un par de veces a la semana, esencialmente a planchar. «Yo no voy a permitir que usted vaya arrugado —le dijo María—. Si va arrugado, pensarán que es culpa mía, así que de eso nada; no lo hago por usted, sino por mí».

Cuando salí estaban hablando de una amiga de María. A mí me encantaban sus historias, me conocía a todo el vecindario de su barriada, aunque físicamente nunca los hubiera visto. Hoy le tocaba el turno a «mi Jessy». Si la vecina en cuestión era alguien cercano y le caía bien, el nombre llevaba consigo el «mi», si no, si decía Conchi a secas, ya sabíamos que o le caía mal o era una simple conocida.

—Pues le dieron ochocientos euros, no le quiero decir más...

—¿Dónde dan ochocientos euros? —pregunté yo, interesadísima por el tema.

—Pues con la Cajita del Oro.

—¿La Cajita del Oro? ¿Qué es eso? ¿Una lotería?

—Ay, doña Marta, perdón, Marta.

—Da igual, María, tú llámame doña Marta, no pasa nada, si es que no te sale.

—Pues sí, que yo estoy más a gusto. ¿No sabe usted lo que es la Cajita del Oro? Ay, cómo se nota que no han pasado necesidad.

Miré a Luis para ver si él me aclaraba algo, pero se encogió de hombros.

—Pues no sé, María, ¿qué es? Yo, si dan ochocientos euros, me parece todo bien.

—Pues la cajita donde se guarda el oro. La medalla de la comunión, los pendientes de cuando naces, algún colgante, un anillo.

—Ah, el joyero, vale, vale. Que tu Jessy ha vendido el oro que tenía en joyas, ya lo entiendo.

—Sí, ahora todo el mundo está echando cuenta de la Cajita del Oro. Yo, gracias a Dios y a mi Pedro, que está tan bien colocado... ¿Les he contado que le han llamado de la clínica Santa Fe? Le quieren hacer jefe de lo suyo, que nunca me sale.

—Traumatología —dijimos los dos a la vez.

—Eso, pero como él es medio comunista, como su padre (menos mal que no es tan *saborío),* ha dicho que no, que él quiere estar en el Carlos Haya, que es de la Seguridad Social, y anda que no le pagaban un buen dinero en el otro, pero también tiene razón, *pa* él solo, *pa* qué. Hay que ver, que no se casen ninguno de los dos, hay que ver...

—Si va a estar más feliz, pues mejor. Y si no se casa, así no tiene que aguantar a una nuera pesada, como la de su... la de su hermana.

—Eso también es verdad. Pero a mí una nuera también me haría mucha compañía, que no todas son iguales. Y un nieto, que no vaya yo a tener un nieto...

—María, nunca se sabe. Lo mismo su hija o su hijo adoptan.

—Sí, ya, eso me decía mi Pedro, que quería irse a la India o no sé dónde. Pero yo no quiero un nieto negro.

—Pero si los niños indios son guapísimos, y no son negros, mujer.

—Yo quiero un nieto normal, como todo el mundo. Y ya le dije a mi Pedro que si no está de Dios que yo lo tenga normal, que al menos no me lo traiga de un país de esos. La niña de Rosario, la del quiosco, que la pobre se estuvo fertilizando y nada, se ha traído una niña rubia, rubia, guapa, guapa de Rusia o de por ahí. Ha salido ganando, porque el marido mira que es feo el *jodío*. Y yo le decía a mi Pedro que fuera al mismo sitio. Una niña rubita sí, eso sí me gustaría.

—Pues sí, también, total, ¿qué más le da a Pedro? —dijo Luis.

—Eso digo yo. Pero él está empeñado en India.

—A lo mejor es porque su amigo es pakistaní... —apunté yo, mirando a Luis, que lo sabía. No entendía yo por qué apoyaba el asunto de la adopción en Rusia cuando los motivos del hijo de María eran evidentes: su novio era de Pakistán.

—Ya, pero... —dijo Luis, dándose cuenta de que había metido la pata.

—Pero, volviendo a la Cajita del Oro, María, ¿dónde está el sitio ese donde se venden cosas? —pregunté yo, por cambiar de conversación y también porque me interesaba el tema.

—Pues no sé, pero yo le pregunto a mi Jessy y le mando un *gaspar** esta misma noche. Ay, no, que no tiene línea, pues yo la llamo y le digo. Ay, Señor, a mí se me parte el corazón.

—No te preocupes, mujer. Yo lo voy a intentar con un Rolex que me regalaron por una promoción que vendí, no me lo he puesto en la vida, y por eso me pueden dar bastante, yo creo, no se me había ocurrido.

—Pues yo tengo unos pendientes horrorosos que me regalaron, con rubíes y creo que turquesas, que lo mismo también puedo vender.

—Ay, por favor, doña Marta, no me diga eso. Ay, esperen unos días, que yo voy a hacer una novena y seguro que mi Virgen de la Victoria les ayuda.

—¿Una novena cuánto es, María? —preguntó Luis.

—¿Cuánto va a ser? Nueve días.

—Podían ser nueve semanas, yo qué sé. Mire, María, si son nueve días no vamos a poder esperar, porque como no pague en cuatro la luz nos la cortan, y ya eso sí que no.

—No, eso no, que entonces yo no podría planchar... —dijo María, soltando una carcajada. Los tres empezamos a reír sin parar, en un ataque cercano a la histeria.

Aquella conversación me hizo reaccionar. Momentáneamente podía recurrir a vender alguna cosa, pero esa no era una solución. Tenía que moverme, buscar

---

* WhatsApp.

algo. Sandra llevaba varias semanas insistiendo en que llamara a un amigo suyo que era el jefe de sección de *La Nueva Vetusta*, el periódico más importante de Oviedo. Yo le había dado largas porque la idea de irme a vivir a Asturias no me convencía. Pero no podía seguir viviendo ese mundo de fantasía y de color. Aunque me fallaran las fuerzas, tenía que empezar a moverme. Así que me armé de valor y llamé a Sandra.

—¿Te pillo bien?

—Sí, sí, estaba revisando una historia, pero tengo un rato.

—No, si es un minuto, era para pedirte el teléfono de tu amigo, el del periódico.

—Pues estuve a punto de mandarte un mensaje ayer. Le han echado.

—¿Le han echado?

—Pues sí. La sección de cultura desaparece y se une con sociedad, así que él, a la calle. Me lo encontré ayer mismo y me lo contó.

—Pues sí que estamos buenos.

—Pues sí. ¿Has llamado a alguno de los que conoces?

—No, la verdad es que no. Voy a empezar ahora, tengo que ponerme las pilas.

—Ya verás como sale algo, que llevas toda la vida en esto. ¿Cómo va lo demás?

—Bien, bien, todo bien. ¿Y vosotros?

—Bien también. Oye, te voy a dejar, que tengo consulta en media hora.

—Sí, sí, perdona, ya nos contamos.

—Venga, suerte, ya me dirás.

—Sí, sí.

Colgué y estuve a punto de llamar a Elisabeth para ver qué hacía esa tarde, pero no, decidí telefonear a un antiguo compañero de la facultad que estaba dirigiendo la edición española de *Luxury and Men*, una revista masculina, de lujo, como su nombre indicaba, que pensé que debía de ir bien porque todo el mundo coincidía en afirmar que el lujo se seguía vendiendo. Le llamé a la oficina, pero no lo cogía nadie, así que lo intenté al móvil.

—¿Marta? ¡Cuánto tiempo! ¡Qué bien saber de ti!

—Sí, mucho. Vaya vidas llevamos, que no nos vemos nunca.

—Pues sí. Esto es una locura. Leí hace unos meses ese reportaje tuyo, el de la primera dama de Siria, y me encantó, estuve a punto de llamarte pero me pilló con todo el lío, y se me pasó.

—¿Lío? ¿Te ha pasado algo?

—Sí, bueno, ya sabes, ¿no? La revista, que ha cerrado.

—¿Ha cerrado? No sabía nada. Vaya, lo siento. ¿Estás bien?

—Bueno, me han indemnizado y tengo un par de años de paro, pero tal y como está todo... Además, me separé.

—Vaya, lo siento. Aunque si tienes indemnización... y paro...

—Sí, sí, peor sería que me hubiera quedado sin nada. Sin mujer, sin trabajo, sin un duro. Podía haber sido peor. ¿Y tú qué tal? ¿Cómo te va todo?

—Bien, bueno, también me he separado...

—¿Qué me dices? ¿Y estás bien? Pero si erais la pareja perfecta.

—Sí, sí... pero la gente cambia, llevábamos caminos muy distintos. No sé. Pero nos llevamos muy bien y nos seguimos teniendo mucho cariño.

—Genial, yo con Claudia no me hablo. Es que ella me dejó por otro. Todo muy patético.

—Ya... Entonces es más complicado, claro. Seguro que volvéis a estar bien.

—Pues no tengo ningún interés. Oye, ¡qué bien que me hayas llamado! Pero ¿era por algo especial?

—No, no, nada, que estaba aquí, que estuve hablando el otro día con Elena, ¿te acuerdas de Elena?

—Sí, claro, pero hace años que no sé de ella. ¿Sigue trabajando en Radio 3?

—Sí, sí, bueno, no hablamos de eso. No, y me dijo que iban a hacer una reunión de gente de la facultad y por eso te he llamado.

—Ah, pues genial, porque la verdad es que no tengo mucha vida social, estupendo. No te digo más que me he apuntado al Meetic ese. —Se rio, y al oír aquellas risotadas tan desagradables me di cuenta de por qué no le veía casi nunca. Se me había olvidado lo pesado que me había parecido toda la vida. Lamenté tener una memoria tan selectiva que olvidaba rápidamente lo malo—. ¿Cuándo es la reunión entonces?

—Es una idea. Aún no está claro, pero era por ver si te apetecía.

—Sí... Oye... ¿qué haces el sábado, te apetece que quedemos? Ahora que estamos separados los dos. —Se volvió a reír con esas carcajadas de hiena.

—Huy, no, no puedo, es que estoy en Marbella...

—¿En Marbella? Pero cómo te cuidas. Pues nada, un fin de semana voy a hacerte una visita.

—Claro, sí, cuando quieras. Oye, perdona, ya estamos en contacto, que me están llamando y debe de ser de la revista.

—Sí, sí, claro. Oye, y si necesitan a alguien en la revista, cuenta conmigo.

—Sí, claro, un beso. Hablamos.

Colgué, y Luis, que llevaba un rato oyendo la conversación y viendo mis caras, me preguntó:

—¿Quién era?

—Manolo, un compañero de la facultad. Que le he llamado para que me diera curro y resulta que han cerrado la revista donde trabajaba.

—¿Para que te diera curro? Pero si le has dicho lo de la reunión esa...

—Ya, es lo primero que se me ha ocurrido. Me daba cosa decirle que le había llamado para eso.

—Ah —dijo, poniendo cara de no entender nada pero tampoco querer preguntar.

—Y ahora, encima, como estamos separados los dos, quiere quedar. Bueno, mira, da igual. Voy a darme un baño.

Capítulo 15

Unos meses más tarde Marbella estaría llena de tiendas de Compro Oro, empeños, compra de joyas antiguas, de ropa de marca de segunda mano. Pero entonces, cuando nosotros descubrimos los secretos de la Cajita del Oro, aún no era algo tan extendido. Así que esperamos a que María nos diera las coordenadas y allí fuimos. Afortunadamente, el local no era muy céntrico, habíamos llamado antes y mis pendientes sí podían valorarlos y comprarlos, pero no aceptaban relojes. No había aparcamiento y la idea de dejar el coche en un parking no la barajamos. Así que bajé y Luis se quedó dando vueltas.

Entré y por suerte no había nadie. El chico que atendía me hizo tomar asiento y yo me sentí como si hubiera robado aquella joya. Había sido un regalo de compromiso, de un cliente de Juan que estaba muy agradecido porque le había arreglado un desaguisado que le había hecho el constructor de su chalé. Al menos, pensé, el objeto no tenía ningún valor sentimental, así que me senté, saqué el estuche, lo puse encima de la mesa y agradecí que el chico tomara la palabra.

—¿Qué prefiere? ¿Vender la pieza o empeñarla?

—Vender, vender.

—Veo que como pieza no va a tener mucha salida, le va a resultar más rentable vender el oro por un lado y las piedras por otro...

—Bien, a mí me parece bien, la verdad es que es la primera vez que vendo algo y no tengo ni idea. Bueno, supongo que con la crisis habrá mucha gente en esta situación. Es que está todo fatal. Yo nunca hubiera pensado que necesitaría vender mis cosas, es una pena. Pero me imagino que cambiará la situación, espero...

De repente me di cuenta de que me había dado un ataque de verborrea que no entendía a qué venía y el chico que tenía enfrente probablemente tampoco. Él me miraba impertérrito, como el médico que espera a que te desahogues para darte un diagnóstico, y después, sin un ápice de empatía, te suelta lo que tiene que decir. Imaginé que este chico se encontraría con dramas a diario y que no podía andar consolando a cada persona que entraba a vender algo. Así que me callé.

—Lo que pasa —dijo, como si yo no hubiera pronunciado palabra— es que tengo que quitar las piedras. ¿No le importa? Antes le puedo hacer una valoración aproximada de lo que podría darle, pero ya le digo, aproximada.

—Sí, lo preferiría, antes de romperlos.

El chico se levantó, fue a por una balanza de precisión y unos cacharritos con líquido. Yo me sentía como una narcotraficante y aquello ayudaba a ello. Raspó ligeramente el pendiente por dentro, le echó una gota de un líquido y me dijo: «Es bueno, de veinticuatro quilates».

—Sí, sí, es muy bueno, y las piedras también —respondí, asumiendo mi papel y mintiendo, porque no tenía ni idea de si era bueno o no.

Él empezó a hacer unos cálculos y me dijo: «Mil doscientos euros, más o menos, hasta que no saque las piedras, no se lo puedo asegurar». Yo puse cara de póquer y respondí un escueto: «Bien, pues adelante», como si estuviera en una película de mafiosos y tuviera un cargamento de cocaína que había que repartir.

—Voy a tardar un rato, ¿tiene prisa?

—No, no, no se preocupe.

De repente me acordé de Luis, dando vueltas alrededor del sitio. Si iban a tardar, tenía que avisarle, así que le mandé un mensaje de móvil: «Me dan mil doscientos euros!!! Pero me dice que tiene que quitar las piedras y que tardará».

A los dos segundos recibí su respuesta: «Mil doscientos????? Por esa cosa tan horrorosa???? Tú quédate ahí y si te tiene que quitar las piedras del riñón, que te las quite. No te muevas, ya me avisas cuando acabes».

El joyero o prestamista o como se le quiera llamar por fin acabó, fotocopió mi DNI y me dio en mano los mil cien euros; al final las piedras pesaban menos de lo previsto. Nos fuimos al banco a pagar la luz. Pensamos si merecía la pena saldar la deuda del ADSL, pero llegamos a la conclusión de que era más urgente hacer la compra y pagar a María que conectarnos a internet, al menos de momento. Llenamos el depósito y nos acercamos al sitio donde me había dicho el chico de la Cajita del Oro que compraban relojes de marca. Por el camino nos dedicamos a imaginar lo que podían darnos por un Rolex de oro y cómo nos podía solucionar la vida.

—Si por eso te han dado mil cien, pues no sé, lo mismo nos dan doce mil euros. Yo es que soy imbécil, ¿cómo no he caído? Es para matarme.

—Pues sí. Yo no sabía que tenías un Rolex de oro macizo. ¿Pero cuánto cuesta un Rolex nuevo?

—Pues uno como este unos diecisiete mil euros, lo he mirado en internet. Es que es el Perpetual Datejust, que es un modelo caro. Sinceramente, no sabía que era tan carísimo. Hay que ver el don Emeterio, qué detallazo. Yo pensaba que salía por cuatro o cinco mil. Mira, vámonos al Victor's a celebrarlo. Que esto hay que celebrarlo.

—Espera, espera. Vamos primero a ver lo que te dan, que lo mismo con esto tienes que vivir un año. Por cierto, ¿qué te han dicho de la urbanización de Tánger? ¿Sabes algo?

—Ahí estoy, a ver si sale, porque es mi última esperanza. Ay, qué aguafiestas. Venga, vale, nos acercamos, pero luego, cuando lo vendamos, nos damos un homenaje, ¿eh? Que estoy de lentejas hasta el gorro.

—¿Qué pasa, no te gustan mis lentejas? —Desde que había visto lo bien que le iba esa dieta a Elizabeth, decidí copiársela con mi fervor característico, así que llevábamos ni se sabe la de días comiendo lentejas. Sanísimas, eso sí, porque no tenían ni un gramo de chorizo ni de cualquier otra cosa susceptible de ser un gasto extra.

—Están muy ricas... Bueno, mira, están normales, tampoco vamos a exagerar.

—Mira, ¿es ese sitio?

—Sí, donde pone Compro Oro. Esa es la calle. Baja y pregunta, me quedo yo con el coche. Avísame cuando acabes.

Unos diez minutos más tarde recibí un mensaje de Luis. Un escueto «recógeme». Me extrañó, pero tampoco tenía por qué tardar. Al Rolex no le tenían que quitar las piedras. Nada más llegar no tuvo que decirme nada. Su cara lo explicaba todo.

—Anda, sube. No vamos a Victor's, ¿no?

—Don Emeterio es un hijo de la gran puta.

—¿De qué era el reloj, de acero inoxidable?

—No, si encima estaba bañado en oro. Pero bañado. No hecho. El cabrón me regaló una falsificación. Eso sí, de las buenas, me ha dicho el del sitio ese. Que dice que me da trescientos euros.

—Vaya con don Emeterio. Tú guárdalo, que a lo mejor en unos días volvemos porque los trescientos euros nos salvan la vida. Anda, vamos al Burger King, que un Big Mac nos podremos comer. Hoy comemos fuera, yo invito.

—El Big Mac es de McDonald's. Pero sí, vamos, anda.

—Ah, da igual. Oye, y que no pasa nada, tenemos el dinero de los pendientes. Mira, mi don Manolo sí era un hombre de ley.

—Sí, de oro de ley —concluyó Luis.

Nos sentamos en la terraza del Burger King, que estaba enfrente de la tienda de Compro Oro. El sol calentaba lo justo. Con la tranquilidad de poder pagar las deudas básicas, el buen tiempo y el buen humor que se nos había puesto, me di cuenta de que estaba feliz. A gusto.

De pronto Luis se atragantó y se puso las gafas de sol. Yo, instintivamente, fui a mirar a mi espalda porque allí debía de estar pasando algo, pero un gesto de Luis me hizo quedarme inmóvil.

—No, no, no, no te muevas. Acabo de ver a Elisabeth entrar en la tienda del Rolex.

—¿En la de Compro Oro? ¿En serio?

—Sí, sí, era ella seguro.

—Iba a decir que no puede ser, pero me parece que sí que puede ser. Jopé, pues no has coincidido con ella de milagro.

—Pues menos mal, porque no era solo que lo estuviera vendiendo, es que encima era falso. Ya el colmo de la miseria.

A duras penas nos levantamos y nos fuimos en dirección opuesta a la tienda, sin poder contener las carcajadas. Cuando ya nos tranquilizamos, seguimos apostados enfrente de la tienda. Teníamos el coche aparcado en la puerta prácticamente y yo no quería bajo ningún concepto que Elisabeth supiera que yo estaba allí. La conocía y si para mí o para Luis podía ser algo vergonzoso, que no tenía por qué, pero lo era, para ella podía ser terrible. Empecé a atar cabos. Estaba claro. No podía mantener su carísima casa de Chelsea ni el servicio. No estaba en Marbella por el clima, ni comía lentejas por su índice glucémico. Debía de estar arruinada y probablemente no quería decírselo a Henry. Su orgullo, pero más su coquetería, se lo impedían. En ese momento lo entendí. Por fin la vimos salir. Y, como bien apuntó Luis, no debía de llevar nada falso. «A mí bien que me despacharon rapidito, pero mira, con ella se han tirado media hora larga».

La sensación, mientras volvía a casa de Luis, era agridulce. Por una parte, sentía una cierta tranquilidad, la paz que da que no te vayan a cortar la luz cuando ya te han cortado el teléfono. Pero, por otra, pensaba en que yo, al fin y al cabo, había vendido un objeto que no me importaba. Pero suponía que Elisabeth había tenido que desprenderse de algo más cercano. Por la decisión con la que había entrado y salido, daba la impresión de que no era la primera vez que acudía a ese establecimiento. Estaba claro que Luis pensaba algo parecido porque ninguno pronunciamos palabra de camino a casa. Acabábamos de ver el que podía ser nuestro espíritu de la siguiente Navidad. Y nos había asustado.

Cuando llegamos, Luis me dijo:

—¿Por qué no la llamas? Se me ha quedado un mal cuerpo... Me ha dado pena y se la ve muy sola. Dile que se venga a cenar si quiere.

—Sí, estaba pensando eso mismo, pobre. —La llamé, pero no lo cogió y después de dejarle un par de mensajes en el contestador, imaginé que no tendría muchas ganas de hablar. Así que no insistí.

El resto del día resultó extraño. Luis, que parecía inquebrantable, cosa que a mí me ayudaba a no pensar demasiado en mi situación, aquella tarde ya no podía más. Estábamos en el porche en silencio y en penumbra. De pronto se levantó y encendió la luz de la piscina. Nos habíamos acostumbrado, pero al principio resultaba raro estar en el jardín, de noche, sin esa iluminación que siempre había estado ahí. Como teníamos que ahorrar, un día la apagamos y así se quedó. Cuando apretó el interruptor, no dije nada. Estaba claro que intentaba tapar su miedo al futuro con ese gesto de normalidad.

—La piscina ya no vamos a apagarla. Se me cae el alma a los pies de estar así a oscuras.

Yo estuve a punto de hacer una broma sobre lo bonita que quedaba la decoración con velas, pero me callé, no era el momento ni tenía ánimos.

—Marta, ¿al final lo del amigo de Sandra, ese del periódico, salió?

—Pues no, le han echado. Mañana voy a llamar a Graciela, una que fue compañera mía, que trabaja en la radio, a ver si ahí hay algo... pero no sé.

—¿Y si no?

—Pues si no, tendría que ponerme con una nueva novela, pero ahora mismo no tengo cabeza para hacerlo.

—Ya, te entiendo. Bueno, estoy muy cansado, no sé qué me pasa hoy. Me voy a dormir.

—Yo también. Sí, mañana veremos todo con más optimismo.

—Sí, seguro. No pienses mucho, anda. Mañana tengo reunión con mi exsocio. ¿Te despierto cuando me vaya?

—Pues no... O sí, si vas a ir en el coche, me voy contigo, que quiero ver el mail, lo mismo me ha escrito Alberto, a lo mejor ha conseguido conectarse. Pero ¿tienes alguna perspectiva con tu exsocio? ¿Puede salir algo?

—No, es para firmar unos papeles que quedaban de la disolución de la sociedad. Vale, pues te llevo. Pero si no te ha escrito, no te agobies, ¿eh?

—No, no, si sé que es normal. No pasa nada.

—Ya, que te conozco.

—Que no, de verdad, si me he acordado ahora, pero vamos que no te...

En ese momento sonó el teléfono. El prefijo era de Turquía. Me puse nerviosa como una adolescente mientras gritaba «¡Es él, es él». Luis me miró con cara de «No tienes solución».

—¿Hola? —contesté fríamente, como si no supiera quién era. En teoría no tenía por qué conocer el prefijo de Capadocia, pero sí lo sabía, por otra vez que me había telefoneado y porque no tenía normalmente llamadas internacionales.

—¿Marta? ¿Marta? ¿Me oyes? Soy Alberto.

—Sí, ah, hola, qué sorpresa, creía que eras Arthur. —No sé por qué le dije aquello. Quería hacerme la interesante, pero le podía haber dicho Henry o mi amiga Alicia, que vivía en Los Ángeles, pero me salió Arthur.

—Vaya, siento desilusionarte.

—No, no, por favor, me encanta que me hayas llamado. ¿Cómo va todo? ¿Estás bien?

—Sí, de maravilla. Pero estaba aquí, oyendo un concierto de música sufí en un pueblo de cerca de Ürgüp, bajo las estrellas y me estaba acordando de ti. He venido al restaurante y te llamo desde aquí.

Yo estaba entusiasmada. Con otro hombre aquello hubiera sido un detalle bonito, pero con Alberto era más bien un milagro. Uno de esos regalos de romanticismo que hacía de vez en cuando y que te obligaban a olvidar todo lo que no hacía habitualmente.

—Qué bien. Ay, debe de ser precioso, me encantaría estar ahí. —Pensé en Elisabeth, ella jamás hubiera dicho eso.

—Te encantaría. Llevo todo el día montando y ha sido una delicia parar aquí. Tenía ganas de oír tu voz. Suenas contenta, seguro que te estás preparando para alguna fiesta.

—Sí, pero voy con tiempo, no te preocupes.

—No me extraña que no quieras estar aquí conmigo, supongo que la vida social allí está siendo de lo más intensa y estarás rompiendo todos los corazones de Marbella.

No podía soportar ese tipo de comentarios. Porque no los decía con ese tono de ciertos celos, sino como queriendo decir que yo podía hacer lo que quisiera y que a él no le importaba. Pero el problema era que yo no quería hacer lo que quisiera o más bien lo que quería hacer era estar con él, no romper corazones. Pero esa frase era la típica trampa que yo traducía como un: «Haz lo que quieras porque a mí no me importa, y además, si te doy esta libertad, yo también puedo estar rompiendo los corazones que quiera». Pero dije exactamente lo contrario a lo que pensaba.

—¡No creas! Tampoco tantos, pero no paran de invitarme a fiestas. Esto es una locura, pero con todo el trabajo que tengo, las estoy seleccionando. —Estuve a punto de preguntarle si él también estaba rompiendo muchos. Pero no lo hice. No quería saberlo—. ¿Y qué tal la experiencia?

—Fantástica. Nos hemos juntado un grupo divertidísimo y está siendo todo muy especial.

—Cómo me alegro. Pero ¿es gente de...?

—Ay, princesa, perdona, te tengo que dejar. Es mi turno para contar una historia alrededor del fuego, me están reclamando. Cuídate, te beso —me interrumpió, cosa que sentí porque quería saber quién formaba parte de ese grupo tan divertido.

—Ah, claro. Sí, no te preocupes. Que cuentes una historia bonita. Un beso. —Yo, lo de «te beso» no podía decirlo, me parecía una cursilada, pero viniendo de él me gustaba.

Me lavé los dientes y me fui a dormir. Cuando estaba a punto de entrar en mi habitación, Luis, desde la suya, me gritó: «¿Qué tal todo? ¿Ya estás más tranquila?».

—Sí, sí, todo muy bien. Estupendo, me voy a dormir tranquila.

Le mentí, no había nada objetivamente por lo que preocuparse, pero yo no estaba más tranquila.

CUARTA PARTE

Capítulo 16

Durante tres días estuve sin tener noticias de Elisabeth. Hasta que por fin me llamó, alegre, distendida, como siempre, para decirme que iba a ser el setenta cumpleaños de Henry, que quería celebrarlo en Marbella y que le estaba preparando una fiesta sorpresa.

—Mi amiga Clothilde me deja su casa de Ojén y he contratado un cátering fantástico y una orquesta de música de swing y chachachá, que a él le encanta. Perdona que no te contestara en estos días, pero en cuanto me dijo que quería venir a pasar conmigo el cumpleaños, se me ocurrió lo de la fiesta y he andado liadísima.

—Es una idea fantástica. ¿Necesitas ayuda? Yo encantada, que supongo que será un lío enorme.

—Ay, querida, pues sí que me vendría bien que me echaras una mano, debo decir. La finca es enorme, pero está un poco desangelada. Clothilde tiene muy bonita la casa, pero como ella no sale al jardín porque odia el sol, lo tiene muy descuidado. Pero con unas telas y un poco de gusto puede quedar perfecta. ¿De verdad harías eso por mí? Sí, necesito ayuda, sinceramente. He hablado con Arthur y él va a venir unos días antes, que por fin ha terminado sus periplos con lo del ensayo ese que está escribiendo, pero alguien como tú sería una ayuda estupenda.

—Claro, yo no tengo nada que hacer. Y puede ser muy divertido. —Me di cuenta de que acababa de meter la pata, en teoría estaba ocupadísima—. Vamos, que tengo trabajo, pero mucho menos, estoy más liberada.

Estaba claro que Elisabeth había acudido a la tienda de Compro Oro para poder sufragar los gastos de aquella celebración e imaginé que también para seguir el ritmo de vida que quería que Henry pensara que llevaba. Yo no era la más indicada para cuestionar su actitud: estaba haciendo algo muy parecido con Alberto. Pero en ese momento no podía entender cómo después de tantos años de relación, por muy extraña que fuera, Elisabeth no se podía permitir el lujo de decirle a Henry que estaba arruinada.

En una de esas jornadas, mientras elegíamos el color de las telas que iban a hacer de carpas en el jardín, Elisabeth me dijo algo que me hizo intuir el porqué de su comportamiento, aunque no acabara de entenderlo. Clothilde se acababa de ir, había estado contándonos cómo eran las fiestas del Irán de la época del Sha y Farah Diba, cuando ella vivía allí con su marido, un primo del Sha. Se había emocionado narrando aquellos festejos que parecían sacados de *Las mil y una noches*. Clothilde tenía un poso de tristeza, como de melancolía perpetua que me intrigaba, daba igual que hablara de su difunto marido o de su hija, que iba a venir a visitarla, o de su perro, siempre, contara lo que contara, aunque lo hiciera con gracia, con un humor muy británico, llevaba un velo de pena. Mientras se alejaba por el jardín, con su pantalón ancho de lino blanco y su camisa con lazada de seda, seguida por sus tres perros afganos, Elisabeth murmuró entre dientes algo que no entendí bien, pero que terminaba con un: «Qué pena».

—¿Qué pena? ¿Qué te da pena?

—Quizá no es pena, eso es demasiado cruel, pero es triste que Clothilde, que siempre ha sido una belleza, buena, generosa, atenta, jamás haya podido vivir tranquila. Primero su marido, que era un hombre horrible, muy guapo, el típico persa alto con unos ojos increíbles, pero... ya sabes... —Esta última frase me la dijo acercándose, muy bajito, como si yo tuviera que saber de qué me hablaba.

—¿Ya sé? —pregunté también en tono confidencial, sin tener idea de a qué se refería.

—Todo el mundo lo sabe, era vox pópuli. Salió hasta en *Paris Match*, bueno, tú eres muy joven. Él, que era mucho mayor que Clothilde, estuvo liado muchos años con Ava Gardner, que era igual que la princesa Soraya.

—¿Sí? ¿De verdad? Bueno, es cierto, Soraya era la primera mujer del Sha, ¿no?

—Sí, sí, claro. Impresionante, una belleza absoluta. Todo el mundo decía que Samir estaba enamorado realmente de Soraya, pero que, obviamente, no podía acceder a ella...

—¿Pero el Sha no la repudió o algo así porque no podía tener hijos?

—Sí, pero un pariente no podía estar con la que había sido princesa consorte. También había rumores de que habían tenido un *affaire*, aunque Samir era mucho más joven. El caso es que el padre de Clothilde era diplomático y cuando ella cumplió dieciséis años, se quedó embarazada de Samir. Fue un escándalo, pero se casaron. Aquello fue un infierno. Ella estaba enamoradísima, pero él la trataba fatal y después ocurrió lo de Ava Gardner... Él se pasaba el día viajando y ella encerrada en Irán. Después de la Revolución se fueron a vivir a París, pero la cosa no mejoró. Pobre Clothilde, y para colmo ahora está arruinada. La familia de su marido se ha quedado con todo, pero ella hace como si no pasara nada. Por eso hago esta fiesta aquí, a ver si puede alquilar su casa para eventos. Sería una solución, pero ella no sirve para los negocios.

—Ah, es buena idea. Vaya vida... Aunque si oyes lo que cuenta, parece que ha sido de lo más feliz...

—Querida, ya sabes que el césped del vecino siempre parece más verde.

—Sí, claro. Pero ¿por qué no anuncia la casa? Estoy segura de que para bodas o eventos la alquilaría enseguida. Es perfecta.

—No, ella no quiere hacer publicidad.

—Ah, no quiere que la gente sepa que está mal de dinero...

—No, yo creo que no es eso. Es más bien una actitud interna, que no quiere dejarse llevar por ello, es algo así como llevar la ruina con elegancia.

—Ya, pero no sé...

—Te lo aseguro, a su edad es la única forma de no derrumbarse. Y creo que incluso será más efectivo. Ella no es tonta y sabe que, si se anuncia esto, ya está disponible para todo el mundo, y si no, es algo exclusivo, como de amigos a amigos.

—Es cierto, como estrategia de márketing es buena. Puede alquilarla menos veces pero más cara.

—Efectivamente. No creo que lo haga como algo consciente, pero resulta que va a ser lo mejor.

—Mira el ejemplo de Alberto, con su casa de Guadalajara hace lo mismo. Bueno, suya no... —Elisabeth hizo un silencio como si no quisiera desvelar algo y me miró cautelosa.

—De su familia, ¿no? —pregunté yo, que no entendía tanto misterio.

—¿Eso te ha dicho él?

—Exactamente así no, pero lo daba por hecho. No sé, sí, él me lo ha dado a entender.

—El concepto de familia, debo decir, es muy amplio —dijo Elisabeth en un tono bastante malévolo.

—¿A qué te refieres, Elisabeth? Que me estás preocupando...

—¿Él no te ha hablado de su novia anterior?

—Sí, algo me ha contado de una tal Josephine, era francesa, ¿no? La verdad es que no hemos hablado casi ni de su pasado ni del mío.

—Sí, nosotros nos conocemos por medio de Josephine. Era amiga mía, bueno, es, pobre, aunque hace siglos que no la veo.

—Sí me contó que había estado a punto de casarse con una chica francesa, que había estado varios años con ella.

—Una chica... tenía mi edad.

—¿Tu edad? —exclamé horrorizada, sin darme cuenta de que mi reacción no era muy cortés respecto a Elisabeth—.Quiero decir, que tampoco le llevaría tantos...

—No, no, no te preocupes, te entiendo —dijo Elisabeth, riéndose.

—Pues no tenía ni idea, de hecho, por lo que me había contado, la imaginaba más joven que yo.

—Ya sabes que Alberto tiene la facultad de hacer que cualquier mujer de la que habla parezca más joven, más guapa, más inteligente que con la que está.

Miré a Elisabeth porque había dado en el clavo, pero el comentario era bastante cruel.

—Perdona, es una impresión mía, pero quizá me equivoque —intentó disculparse.

—No, no, algo de eso hay, pero pensaba que no era tan evidente —respondí, forzando una sonrisa—. ¿Y qué pasa con la casa?

—Tuvieron una ruptura complicada. Tampoco voy a entrar en detalles...

—Por supuesto que vas a entrar en detalles, Elisabeth, por Dios...

—Contándolo corto, que a un mes de casarse, Josephine se enteró de que Alberto estaba liado con la hija de un amigo común. No, no te asustes, la hija tenía veintiocho años.

—Ah, menos mal. Quiero decir, qué espanto, pero, bueno, no era menor. Pero pobrecita Josephine, y este tío es un cabrón.

—La vida es complicada y todo tiene su explicación. Hay que reconocer que Josephine tiene un carácter difícil y no le trataba muy bien y ella también tenía sus líos por ahí. Pero, no sé, yo creo que Alberto estaba con ella por sus amistades, porque tenía muchísimo dinero y le ayudaba a financiar sus aventuras. Era una mujer de cuarenta y pico años muy guapa, interesante, y seguro que a él, que debía de rondar los treinta y cinco, le pareció atractiva. Seguramente, cuando llegó el momento del matrimonio, se asustó y fue a liarse con la persona que sabía que más le podía molestar a Josephine. Fue una manera cobarde, pero en fin, hasta cierto punto, comprensible... o no. Yo estuve años sin hablarle, aunque al final hay que ser indulgente...

—Entonces, ¿la casa?

—La casa era de Josephine y no sé por qué, en un acuerdo que nadie entendió nunca, se la dejó a él. Pero no, no es de su familia.

—Pero él es de Guadalajara...

—Sí, pero no es precisamente de una familia aristocrática. Por lo que yo sé, su padre tenía una tienda que no le iba mal...

—Sí, no sé nada de su pasado, cada vez que he ido a preguntar parecía que le molestaba.

—Sí, no es un tema del que le guste hablar.

—Y vosotros, ¿cómo es que habéis seguido teniendo tanto contacto?

—Si te digo la verdad, por negocios. Alberto es muy bueno consiguiendo dinero y ha ayudado a Henry en algún negocio. Yo nunca le he tenido como un amigo íntimo. Debo decir que mi amiga eres tú. —Sonrió—. Pero, por favor, no le juzgues mal por lo que te he contado. Seguro que hay mil matices, y te repito, no dejó en el altar a una pobre muchacha, que Josephine también tenía lo suyo. He de admitir que eran iguales —remató con una carcajada.

Durante los siguientes días, intercambié mensajes con Alberto, pero no di pie a que habláramos. La conversación con Elisabeth me había dejado descolocada. Me di cuenta de que él tampoco tenía un interés especial, pero en vez de sentir ese terror que normalmente me atenazaba cuando ocurría algo así, estaba tranquila, podría decirse que aliviada.

En esas fechas coincidió que llegó Arthur. Habían acabado sus periplos buscando documentación para su libro y Elisabeth quería que estuviera en Marbella para echarle una mano. Poco a poco fuimos cogiendo confianza y lo que empezó como conversaciones de vuelta a Marbella desde la casa de Clothilde se fue convirtiendo en charlas de horas y horas que a mí se me pasaban volando. Uno de los puntos que teníamos en común era la vocación literaria y, aunque era algo que yo ya tenía en mente, él me había empezado a convencer muy seriamente de que debía intentar reanudar mi carrera como escritora.

No había hablado con nadie de mi bloqueo a lo largo de todos esos años. Con Juan no era fácil. Teníamos una complicidad absoluta, pero ese era un tema que prefería no tocar con él. Sabía que abordarlo se iba a convertir en un problema mayor. Él diría una frase del estilo: «A lo mejor es culpa mía porque no te dejo espacio suficiente para concentrarte» o «Si me fuera mejor con la arquitectura, tú podrías dejar de hacer esos artículos y dedicarte a escribir sin más preocupaciones». Y eso hubiera hecho que yo me sintiera culpable de su culpabilidad y habría estado una semana convenciéndole de que no, de que ese no era el problema, pese a que en mi fuero interno pensara que no se equivocaba, aunque obviamente no fuera culpa suya que hubiera elegido tener una pareja y que, como la mayoría de la gente, necesitara trabajar para pagar las facturas. Hubiera sido más fácil recuperar la inspiración de haber podido irme a escribir a una casa de campo, sola, sin tener que estar pendiente de hacer artículos, pero no, no era esa la cuestión. De hecho, en Marbella esas circunstancias se estaban dando y yo seguía bloqueada. Se trataba de algo más íntimo que tampoco tenía claro qué era y como no lo había hablado con nadie, no sabía cómo abordarlo.

Pero con Arthur el asunto era distinto. Me sentía completamente libre para contarle mis dudas, mis temores sobre muchos asuntos, pero especialmente acerca de ese. Era como si me leyera el pensamiento. Y resultaba reconfortante y muy agradable sentir que alguien te entendía casi sin tener que explicarte.

La primera charla reveladora sobre el tema se había producido a la hora de la siesta, en casa de Clothilde. En ese rato de después de comer, Elisabeth acostumbraba a echarse un poco y Arthur y yo solíamos quedarnos hablando en el porche, mirando el horizonte. Las vistas desde allí eran espectaculares. Se convirtieron en momentos agradables, de un silencio y una intimidad que a mí me hacían sentir de maravilla.

—El artículo ese que tenías entre manos tan importante, ¿lo has acabado? —me preguntó Arthur.

—No, estoy con él, ya queda menos —contesté, rezando para que no me preguntara de qué iba, porque estaba ya un poco harta de tanta mentira—. Pero lo que me preocupa es ver si me pongo en serio con la novela porque no avanzo. —Lo cual era también falso, porque ni había empezado, pero me daba vergüenza confesarlo.

—¿Y qué tal?

—Fatal.

—Es normal, los comienzos son muy difíciles.

—Ya, ya. Sí, no pasa nada. Ya le cogeré el tranquillo.

Se hizo un silencio y nos quedamos los dos mirando el mar entre las montañas. El silencio se prolongó y Arthur se quitó las Ray-Ban de aviador que le sentaban tan bien y me miró serio. Yo seguía oteando las olitas, que se veían diminutas desde allí, pero notaba que él tenía las pupilas clavadas en mí. Era absurdo disimular. Giré la cabeza y allí estaba, con los ojos azules medio guiñados y esa sonrisa que le pronunciaba unas arrugas que le hacían tan interesante, mirándome como diciendo: «Anda, cuéntame qué pasa, no disimules». Un gesto que a mí me desarmaba. Era absurdo porque prácticamente no nos habíamos visto, nos conocíamos muy poco, pero sí, tenía ya entonces esa sensación de saber con una mirada lo que me estaba diciendo.

—¿Qué pasa? —pregunté.

—Eso, ¿qué pasa? —respondió, cariñoso.

—¿De qué? —contesté, haciéndome la tonta.

—No hay manera de que le hinques el diente a la novela, ¿no?

Le miré, me reí y asentí con la cabeza, dando un sorbo al orujo.

—Ya... ¿y esto desde cuándo te pasa? —continuó.

—Hummm, pues, desde que acabé la otra.

—Ya... es jodido, ¿eh?

—Sí, la verdad es que sí.

—Sí, sé cómo se siente uno. A mí me pasó cuando me separé. Intentaba refugiarme en la escritura, trataba de olvidarme del mundo con la historia, recreando momentos épicos que siempre me apasionaron, pero era incapaz, no cogía el hilo.

—Pero desde entonces has hecho el ensayo y luego la novela histórica y ahora estás con la nueva. No es lo mismo.

—Estuve tres años sentándome todos los días a trabajar y sin conseguir nada.

—¿Lo intentabas todos los días? Dios mío, yo me volvería loca. No puedo.

—Sí, y esa fue, en parte, la forma de conseguirlo. Yo soy muy tozudo y tengo mucha fuerza de voluntad. No paro hasta que consigo algo en lo que realmente creo. Pero para ser artista hay que tenerla.

—Sí, lo sé, yo la tengo, pero con lo de la novela es distinto; si no me sale, me entra una angustia tal que...

—Que huyes.

—Sí, algo así.

—Pues no huyas. Persíguela. Esto es como todo en la vida. Como algo o alguien note que le tienes miedo, o lo que es peor, que tienes miedo a perderlo, va a machacarte, abusará de ti. Pero si te enfrentas a ello, si no tienes miedo, si llegas a un punto en el que dices: puedo vivir sin ti o, no sé, me da igual que me mates, entonces el otro reacciona. O te mata o se va o vuelve contigo para toda la vida o se hace tu mejor amigo. Pero pasa algo. Si huyes, nunca se arreglará.

—Ya, supongo que el miedo es a que me haya abandonado esa chispa.

—Sí, pero mejor saberlo si ha sido así. Me parece que tú no eres de esas mujeres que aceptan que su marido les ponga los cuernos si lo hace con discreción, ¿no?

—No, claro.

—Pues eso, mejor saberlo. Que resulta que no vas a poder escribir nunca más, pues es preferible que te des cuenta ya. Y así te olvidas y haces otra cosa. Pero tal vez esté todo en tu cabeza y resulta que te hace falta un impulso o lo que sea para recuperar todo aquello.

—Sí, es fácil decirlo, pero ¿cómo lo hago?

—Eso lo sabrás tú. Yo solo te puedo recomendar algo: que te pongas un plazo y que dediques todos los días al menos cuatro horas a ello. Ah, y lo más importante, que no te centres en la historia que probablemente llevas años intentando escribir. No. Piensa en otra. A ser posible algo que ya exista. Una noticia, un hecho histórico, un personaje que te apasione, algo autobiográfico... Si la historia que tienes en mente ve que pasas de ella y que te vas con otra, volverá o se irá para siempre.

Le miré y sonreí. La metáfora era muy clara y no parecía descabellada.

—Sí, el viejo truco.

—Al final, la experiencia que nos dan las relaciones personales sirve para todo en la vida. Claro que a veces algo nos descoloca por completo y se va al garete la teoría —me dijo muy serio, mirándome de una manera que no quise atender en ese momento. De hecho, miré el reloj e hice que me asombraba de lo tarde que era y fui a despertar a Elisabeth, que normalmente nos pedía que no la dejáramos dormir más de una hora. Aquel día estaba a gusto, cómoda, casi feliz, pero también asustada.

Cuando Elisabeth se levantó, mandó a Arthur a hacer unos recados a Marbella. Después de un rato de estar las dos en silencio, me miró muy seria.

—¿Ha pasado algo?

—No, ¿por qué?

—No sé, te noto rara. Debo decir que siempre que me levanto de la siesta y habéis estado Arthur y tú hablando estás... como ausente.

La miré y me reí. No iba a seguirle el juego a Elisabeth: le encantaba fabular romances. Seguí repasando la lista de invitados y organizando los hoteles donde podían hospedarse.

Capítulo 17

Un par de horas más tarde, la vuelta de Arthur me sacó de mi ensimismamiento. Por su cara, había algún problema. Arthur había viajado hasta Marbella, en teoría, a echar una mano, pero no era un hombre resolutivo. Era encantador, sensible, detallista, divertido, interesante, culto, y esos vaqueros y esa camisa azul remangada no le podían quedar mejor, recuerdo que pensé cuando le vi acercarse desde el porche con varios ramos de flores y con el dependiente de la floristería dando saltitos delante de él. Pero era de las personas menos prácticas que había conocido. Como me había comentado Elisabeth, Arthur nunca había necesitado ser funcional. «Eso sí —remató Elisabeth—, tiene un sentido común natural que he conocido en pocos hombres. Es de esas personas que va a estar ahí y te va a reconfortar y buscar la forma de ayudarte siempre que lo necesites, pero si se te rompe un enchufe, no le llames».

A lo largo del tiempo que llevaba en Marbella lo había dejado claro. No sabía ni colgar un cuadro, pero como también era inteligente, prefería consultar antes de meter la pata. Así que se dedicaba, principalmente, a coordinar, a llevar y traer gente y a algo muy importante: evitar que Elisabeth se desesperara, cosa que él, que la conocía como si fuera su madre, sabía hacer magníficamente.

—Sí, sí, sí, sí —venía diciendo Arthur desde la distancia, agitando los brazos—. Lo sé, estáis ocupadísimas, pero vengo con Miguel porque hemos llegado a un punto a la hora de seleccionar las flores que es posible que caigamos en un error fatal y no queremos jugarnos la vida. Y no os vamos a hacer perder mucho tiempo. Miguel, por favor, enséñale la foto a estas damas —dijo mientras se inclinaba para besar en la mejilla a Elisabeth y después a mí. Un olor fresco, clásico, que no supe distinguir en ese momento, pero que me gustaba, nos envolvió.

—Ay, Arthur, por favor, nunca me haces caso, deberías ponerte menos colonia, un día me voy a desmayar.

—Por eso lo hago, Elisabeth, no hay otra manera de captar tu atención y menos de hacer que te desmayes. Entonces os gusta el arreglo de calas, ¿no? —dijo Arthur, mirándome divertido, convencido de que a mí las calas me daban igual y que iba a decir que sí a lo que decidiera Elisabeth, pero él era así de cortés.

—Sí, a mí me encantan las calas, son mi flor favorita —respondí.

—Creía que eran las hortensias... —dijo Arthur para mi sorpresa; era cierto, pero no recordaba haber hablado con él de ese asunto.

—Sí... pero ¿cómo lo sabes? Bueno, las hortensias si hablamos de flores de jardín, sin cortar; para la casa, las calas. Pero ¿cómo lo sabes?

—Yo lo sé todo, cuando quiero... Y lo dijiste en una entrevista.

—Pero, Arthur... ¿has estado investigando a nuestra querida Marta? Vaya, vaya, leyendo sus entrevistas.

—Y su último libro.

—Querrás decir mi único libro —corregí divertida.

—Bueno, tu libro —zanjó Arthur—. Y debo decir que me ha encantado, pero ya hablaremos de eso; no os entretengo más, voy a ver cómo lo lleva el técnico de sonido, que creo que necesita ayuda.

Mientras Arthur se alejaba, Elisabeth no paró de hacerme gestos. Cuando estuvo a una distancia prudencial, se me acercó y me dijo: «Hacía casi diez años que no le veía tan alegre ni tan guapo y creo que tú tienes mucho que ver en esto». Yo me reí y tuve que reconocer que, sí, daba la impresión de que podía gustarle, pero en esos días de mi vida, en esa etapa de enajenación transitoria, no tenía ojos para alguien que no fuera Alberto. Elisabeth me miró sorprendida cuando se lo comenté y me replicó con una de sus frases crípticas, casi oraculares:

—Haces bien en no enamorarte de él, Arthur es mucho más peligroso de lo que parece.

—¿Peligroso? ¿Peligroso bien o peligroso mal?

—Querida, en un hombre, el peligro siempre es bueno.

Yo me reí, me encantaban esas frases lapidarias, como de película de cine negro, que Elisabeth a veces soltaba. Pero aquello se me quedó grabado y durante la tarde no pude parar de pensar en ese peligro que Elisabeth había pronosticado. Intentaba encontrar un resquicio en cada una de las palabras o los gestos de

Arthur y, sí, algo se dejaba entrever o me empezaba a parecer que se podía intuir.

Arthur volvió en un santiamén, sonriente y con una jarra de limonada. «Al final lo había solucionado todo, así que he pedido que nos preparen algo fresco, hace muchísimo calor», dijo mientras nos servía y se sentaba con nosotras. En ese instante recibí un mensaje de Alberto. Ya estaba de vuelta de su aventura y me preguntaba si podíamos charlar. Le contesté diciendo que no podíamos hablar por Skype porque no tenía un ordenador cerca y que estaba con Elisabeth y Arthur.

Empezaban a molestarme esos avisos imprevistos de Alberto que parecía que esperaba que yo estuviera siempre disponible. Aunque yo tenía la culpa. Era capaz de interrumpir cualquier cosa para conectarme, pero llevaba un tiempo en el que cada vez me resultaba más molesta esa prepotencia.

A los dos segundos sonó el teléfono. Era él. Me disculpé, me alejé un poco de la mesa y, mientras hablaba, veía cómo Elisabeth y Arthur charlaban agitadamente, como si estuvieran discutiendo. Su tono había cambiado al levantarme. Supuse que no estarían de acuerdo en algo relacionado con las flores o la distribución de las mesas, así que me concentré en mi conversación con Alberto. Le conté que estábamos preparando la fiesta de Henry, que iba a ser una celebración por todo lo alto, y su reacción me sorprendió. Podía ser normal que le apeteciera ir, pero aquella respuesta, diciendo que no entendía cómo no le había avisado, que él quería asistir y que en un día no podía organizar un viaje me parecía excesiva. Le expliqué que estaba incomunicado y su respuesta me dejó pasmada.

—Sí, sí, estaba incomunicado, pero si se hubiera muerto mi madre, ¿no habrías intentado localizarme?

—Sí, obviamente, supongo que habría llamado a la embajada, habría mandado un helicóptero, pero esto no me parece comparable... Es una fiesta de cumpleaños... No me pareció que fuera necesario recurrir a las fuerzas de seguridad turcas para que te lo dijeran. Sinceramente, no entiendo qué te pasa. ¿A qué viene esto?

—Sí, tienes razón. Perdona, es que estoy muy cansado y me hubiera gustado ir a la fiesta y celebrar con Henry una fecha tan importante —dijo con una amabilidad impostada.

—Ya, pero creo que has sacado las cosas de quicio. Y no es culpa mía que de repente desaparezcas. Pero supongo que estás acostumbrado a estas cosas, porque cuando haces tus expediciones te perderás alguna fiesta —repliqué cortante.

—Sí, tienes razón. Te he pedido disculpas. Lo siento. Te he mandado un mail hace un rato. Es una sorpresa. Como es largo de contar por teléfono, te lo he preferido mandar así.

—¿Una sorpresa? Jo, adelántame algo.

—No, no, o no sería una sorpresa...

—Pero ¿sorpresa buena o mala?

—Ya lo verás. Hablamos mañana, princesa. Voy a colgar, que esto me va a costar un ojo de la cara.

—Vale.

—Un beso, *take care*.

Volví a la mesa, dándole vueltas al asunto de la sorpresa.

—¿Todo bien, querida? —me preguntó Elisabeth en un tono que me hacía pensar que más que interesarse por si me iba bien o no lo que pretendía era avisar a Arthur (que me daba la espalda) de mi presencia.

—Sí, sí, nada, que Alberto ya ha vuelto del viaje, quería hablar conmigo. Siente mucho no poder venir a la fiesta.

—Tampoco estaba invitado... —dijo Arthur con un tono que no acababa de entender. Lo tomé como una broma, pero no estaba segura de que lo fuera.

—Arthur, por favor... Por supuesto que estaba invitado, no le dije nada porque está en Turquía...

—O sea que no está invitado —respondió Arthur, sonriendo.

—De verdad, cuando te pones terco eres igual que tu padre, parece que tienes diez años. No le hagas ni caso, Marta. Es una pena que no pueda venir.

—Me vais a disculpar, pero voy a escribir un rato, llevo un par de días sin trabajar en mi libro. No podría tener una compañía más agradable, pero no quiero perder el hilo. Marta, tú sabes a lo que me refiero... —dijo Arthur, sin disimular demasiado que estaba molesto, yo no entendía bien por qué.

—Claro, Arthur, por supuesto. Oye, Elisabeth, ¿te importa que me baje con él?

Ella me cortó, sin dejarme terminar. Abrió mucho los ojos, nos miró a los dos y me dio la impresión de que Arthur se sonrojaba.

—Por favor, Marta, estás aquí como una esclava, claro, yo me quedaré un rato más, hasta que llegue Clothilde, pero no te quiero tener raptada.

—No, si es solo porque...

—No tienes que explicarme nada, claro que sí.

—Arthur, ¿no te importa, no? A lo mejor tenías pensado hacer algo antes de ir a Marbella.

—No, hummm, no yo no ten... no nada, nada en absoluto. —Arthur estaba azorado y tenía ese tartamudeo que tanto me gustaba de los británicos, pero en este caso no era algo impostado del acento de alumno de Oxford, realmente estaba nervioso.

Durante el camino a Marbella la conversación fue jovial, pero no tenía la complicidad que solía rodear nuestras charlas desde que había llegado Arthur a Málaga. Tengo que reconocer que yo no estaba allí, con Arthur, sino que andaba lejos, pensando en que Alberto se había liado con la hija de un amigo de su prometida y, por otra parte, deseando leer lo que él me había mandado. Arthur no era tonto y cuando ya estábamos llegando a casa de Luis, me preguntó qué me pasaba.

—¿Algún problema con Alberto? Desde que has hablado con él estás ida...

—No, no, ninguno, perdona, pero es que esto de hablar a trozos es un rollo... Me ha dicho que me ha mandado un mail en el que me cuenta una sorpresa y no sé qué puede ser.

—Espero que sea algo bueno...

—Supongo que sí, si no me diría algo por teléfono o no sé —contesté yo con un discurso muy elaborado porque llevaba todo el camino pensando en que, efectivamente, la sorpresa podría ser que no íbamos a volver a vernos o algo por el estilo.

—Ya... —dijo él, con un tono que no puede decirse que me tranquilizara.

—Pues sí que me das ánimos... ¿A qué viene ese ya?

—No, no, nada, seguro que te va a hacer algún regalo o que viene o algo así, no quería preocuparte. ¿Quieres que te deje en el centro, en algún sitio con internet? ¿Sigues con la avería en casa de Luis? La verdad es que estos de Telefónica son un desastre, lleváis así muchísimo tiempo.

—Pues sí, estamos desesperados, al parecer es un problema de la instalación... Por favor, déjame en el Blue Bar, que tienen ordenadores.

—¿Quieres que te recoja o te espero?

—No, no, por favor, que tienes que escribir. Llamo a Luis y me recoge o si no voy dando un paseo, no te preocupes.

El resto del camino lo hicimos en silencio. Aquella conversación con Arthur me había dejado preocupada y de repente la relacioné con la charla que le había visto mantener unas horas antes con Elisabeth. ¿Habría algo que él sabía y me estaba ocultando? Estuve a punto de preguntárselo, pero me pareció inútil y creo que tampoco quería saberlo si así era. Le di dos besos al bajarme y salí pitando para el bar.

En esos minutos que tardé en sentarme en el escritorio donde estaban los ordenadores, una parte de mi cerebro albergaba ese temor a que la sorpresa fuera una mala noticia, pero el otro lóbulo me decía que iba a ser algo estupendo. El hueco con la frase: «Menudo cabrón que dejó a Josephine» debo reconocer que ocupaba un dos por ciento de espacio más o menos.

Me sentía como cuando has escrito a los Reyes pidiendo una bicicleta y tus padres llevan diciendo durante meses que es difícil que la traigan porque muchos niños las han pedido y no hay juguetes en el mundo para todos. Tú te lo crees a medias, pero en el fondo siempre piensas que una de ellas será para ti. Pues yo igual. No podía dejar de suponer que el mail me iba a contar que me invitaba a, no sé, las Maldivas, a pasar un par de semanas... aunque no me permitía pensar en serio en ello. O eso o que llegaba al día siguiente desoyendo mis advertencias de que estaba muy ocupada. En ambos casos era todo un lío tremendo, pero estaba deseando verle, en Maldivas o en Churriana, me daba igual. Así que abrí el mail como el que despierta un 6 de enero. Y mi reacción fue la misma que la de quien va al salón y en vez de la bicicleta encuentra una Nancy.

> *Princesa, sé que estás muy estresada y que tienes muchísimo trabajo, así que te mando un regalo. Te adjunto una carta de una chica turca que he conocido. Es la directora en la cuenca mediterránea de la cadena Paradise, ya sabes que Incasun está incluido en ese grupo. Es una invitación para que pases un fin de semana en su spa. Con todos los tratamientos, masajes, recomendaciones dietéticas, tratamientos de belleza... para que estés como una princesa.*
>
> *No puedo extenderme mucho, hablamos en estos días, te he echado tanto de menos... Y de postre, un haiku que escribí pensando en ti, entre las rocas de Capadocia, bajo las estrellas.*

Shiva despierta
El yang se humedece
El uno está.

El mail me hizo sentir como si, en efecto, hubiera recibido una Nancy, pero usada. No le veía la gracia ni al haiku. Objetivamente no me podía quejar. Era culpa mía por poner mis expectativas muy altas. Me estaba regalando algo, se preocupaba por mí, por mi estrés. Me mandaba un haiku. Todo eso eran los argumentos que me lanzaba a mí misma para sentirme mejor, pero el teléfono me interrumpió el diálogo interior. Recé para que no fuera él, porque sabía que no podría contenerme y no iba a ser precisamente amable. Estaba enfadada y no solo porque después de tanto rollo el regalo fuera una tontería. El asunto Josephine y la frase «una chica turca» hacían que mi humor no fuera el mejor del mundo en ese momento. Por suerte, era Elisabeth.

—Hola —respondí seca.

—¿Marta? ¿Eres tú?

—Sí, sí, perdona, que me has pillado aquí en el «ciber».

—Ah, ¿todo bien?

—Sí, sí, muy bien. ¿Y tú? ¿Me llamabas por algo?

—Sí, estoy llamando a Arthur por un asunto de lo de los técnicos de sonido y no le localizo. Era por si estaba contigo. Es bastante urgente.

—No, me dejó aquí y se fue.

—Ah, vale, no te preocupes. ¿Seguro que estás bien? Te noto rara.

—Todo bien, genial. He visto un mail que ha enviado Alberto, que me había dicho que tenía una sorpresa para mí y me ha mandado un vale para un tratamiento de fin de semana en Incasun.

—Pues vaya regalo más raro. ¿A qué viene eso?

—Es que una amiga que ha conocido allí es la directora de no sé qué y supongo que se lo ha regalado.

—Ya... Pues vaya sorpresa.

—Bueno, está genial lo de poder darme masajes y todo eso.

—Sí, sí, claro, pero no entiendo la ceremonia de «te mando un mail, que tengo una sorpresa».

—Sí, ya...

—Y esa amiga, ¿quién es? ¿La conoces?

—No, es alguien que ha conocido allí.

—Ah.

Se hizo un silencio que era de lo más elocuente.

—Ya.

—No seamos mal pensadas.

—No, no, claro, no iba a tener la cara de mandarme un regalo con una carta de su amante.

—¿Una carta? ¿Qué carta?

—El regalo viene con una carta de la chica. Supongo que es como un vale diciendo que me invitan a todo.

—¿La has leído?

—No.

—¿Y se puede saber a qué esperas?

—Sí, sí, la estoy abriendo. A ver... Bueno, dice que soy su invitada...

—¿De quién?

—De ella...

—¿De ella? Este tipo es un grosero. Pero ¿qué se ha creído? ¿No tiene la decencia de llamar él al sitio? Mira, ni sigas, que me estoy poniendo mala.

—Quizá le ha dicho que su novia está aquí y ella quiere promocionar el sitio...

—¿Él te lo ha explicado así?

—No.

—Pues tú haz lo que quieras, pero yo le contestaría diciendo que agradeces mucho que se preocupe tanto por ti, pero que conoces el sitio y no te gustan los tratamientos que hacen, pero que se lo agradeces igual.

—Me parece un poco...

—Ni un poco ni nada. Que a él no le ha costado un duro y la amiga esa sabe Dios quién será.

—Eso es verdad.

—Ay, perdona, que me está llamando Arthur, voy a contestarle, que estará preocupado, tiene como diez llamadas mías. Hablamos luego... Y no te dejes engatusar.

Colgué y no tenía claro qué pensar. Lo que decía Elisabeth era muy cabal, pero me parecía un poco exagerado. A lo mejor la cuestión, como ella me había dicho alguna vez, era que no tenía el corazón suficientemente destrozado como para poder pensar con la cabeza. A lo mejor, también, el asunto era que estaba deseando inconscientemente que me lo destrozaran para poder empezar a dejar de guiarme por él.

En ese momento pensé que la persona que me iba a decir lo que quería oír era Luis. Ese «mujer, no seas paranoica» que me tranquilizaría. Le llamé y estaba cerca del café, en una reunión con sus socios del negocio de Tánger. Me dijo que tardaría un rato, así que me decidí a dar una vuelta. Iba a ir a la zona de tiendas, casi por inercia, porque eso es lo que habría hecho en otro momento de mi vida, pero a mitad de camino me di la vuelta. Era absurdo. No podía comprar nada, así que prefería ni saber qué novedades había.

Cogí el móvil para llamar a Sandra, pero me di cuenta de la hora y pensé que podía estar en la consulta, así que le mandé un mensaje contándole las novedades. A los tres minutos me telefoneó.

—Mira, te llamo porque no tengo dedos para escribir tanto —me dijo.

—Ay, gracias, es que no he querido llamarte por si andabas liada.

—Liada tú —bromeó.

—Pues sí... ¿Tú crees que está liado con esa chica? ¿Qué le digo?

—Mira, no sé si está liado o no y ni tú ni yo tenemos datos para saberlo, lo que sé es que te estás volviendo loca y como no pares esto, te va a dar algo.

—Ya, lo mismo le estoy dando muchas vueltas...

—Sí, efectivamente, le estás dando muchas vueltas. Vete al spa, hazte todos los tratamientos que puedas y ya está. Yo lo de quedar digna y esas chorradas, pues no acabo de verlo y Elisabeth sabrá cómo actúa ella y lo mismo a mí se me escapa algo porque no conozco a Alberto. Pero yo que tú me iba a la sauna y me olvidaba de los detalles.

—Ya, pero lo que dice Elisabeth... y lo del mensaje...

—Que sí, que lo que tú quieras, pero no tienes una prueba irrefutable. Tú puedes suponer mil cosas, pero eso: son suposiciones. Deja ya de imaginar... ¿Te acuerdas de cuando en primero de la facultad rompiste con aquel tan guapo? ¿Cómo se llamaba?

—Sí, Antonio de Luna.

—Eso, Antonio de Luna, anda que el nombre... que rompiste porque estabas convencida de que tenía novia en Vigo.

—Bueno, novia no tenía, pero era muy raro conmigo.

—Ya, pero tú te inventabas mil argumentos que justificaban que tenía una novia y, vamos, yo acabé por darte la razón.

—Bueno, vale, me equivoqué, no tenía novia, pero era gay. Vamos, que algo no encajaba y yo no estaba loca.

—Sí, sí, pero que no te inventes argumentos para convencerte porque a veces no coinciden con la realidad.

—Vale, pero ¿hice bien o no hice bien rompiendo con Antonio de Luna?

—Sí, hiciste bien. De verdad, no se puede ser más cabezota, ¿eh?

CAPÍTULO 18

Estaba casi a las afueras, cerca de Incasun, esa clínica privada exclusiva que combinaba su actividad como hospital al uso con la de los tratamientos estéticos. Pensé que no era mala idea mirar qué ofrecían. Tampoco estaba yo como para rechazar regalos, pensé. Y al minuto me di cuenta de lo peligroso que era lo que acababa de decir. Al final iba a ser cierto, que la pobreza era un estado impuesto, pero la miseria era actitud. Algo que uno dejaba que le invadiera cuando perdía la dignidad. Pero como no tenía claro si debía agradecer su detalle a Alberto o llamarle para ponerle verde, decidí que no pasaba nada por entrar y echar un vistazo.

Me acerqué a recepción y pregunté por los folletos con los tratamientos de belleza. La señorita, que parecía más una *top model* que una recepcionista, me respondió muy simpática que me había equivocado, que aquella era la entrada para el centro hospitalario, la de estética era la que daba a la carretera.

—Pero no se preocupe, no tiene que salir. Por ese pasillo hasta el fondo y luego a la izquierda tiene la otra recepción —me indicó muy amable, con un acento medio ruso. Aquella clínica estaba llena de gente de esa nacionalidad, que era la que desde hacía unos años mantenía la economía de la Costa del Sol.

Me dirigí hacia esa zona y pensé que las tapicerías de Versace y las paredes de mármol eran una barbaridad. Pero así era el nuevo lujo por aquella zona. Mientras miraba fascinada de horror lo que me rodeaba, me pareció oír una voz familiar. Alguien hablaba en inglés, con un acento precioso. Pensé que la pronunciación era lo que me había hecho confundir esa voz con la de Henry, pero me di la vuelta y no. Allí estaba Henry, con Arthur, en la recepción, vestido de una manera que hacía intuir que no venía de la calle sino que estaba ingresado o alojado, como decían en los folletos, en el «Centro de Tratamientos de Salud», que era un eufemismo para no llamarlo hospital.

Estuve a punto de acercarme, pero fue un acto reflejo de un segundo. Estaba claro que no querían que se supiera que estaba allí. Hablábamos a diario de Henry y tanto Elisabeth como Arthur decían que estaba en Londres. Me di la vuelta y anduve por la parte del pasillo que quedaba fuera de su vista. No quería que me descubrieran. Empecé a darle vueltas al porqué de aquel misterio. ¿Por qué no había dicho Henry que estaba enfermo? ¿Lo sabría Elisabeth y me lo habían ocultado ella y Arthur? ¿Qué tenía? En ese momento sonó el teléfono, era Luis, que ya había acabado. Salí por la puerta del salón de belleza como una fugitiva, como si hubiera robado un cargamento de bótox. Luis me recogió en la entrada del parque sin entender nada. Tenía mucho que contarle. Menudo día intenso.

—Respecto a lo primero: se acuesta con ella. Y sobre lo segundo: lo único que puedo decir es que no entiendo nada, pero Elisabeth, Henry y seguramente Arthur sinceros, sinceros, lo que se dice sinceros, no son —respondió escuetamente.

—Pues yo tampoco puedo presumir de ello, que no le he dicho nada a Alberto de lo de mi despido y estoy aquí como si viviera en una película de Howard Hawks... *El glamour en los tiempos de crisis* se podía llamar.

—Sí, no estaría mal, contigo de protagonista, la nueva Katharine Hepburn.

—Bueno, tú también tendrías un papel destacado. Te recuerdo que te pones gafas de sol y gorra para entrar en el Mes... así que, aquí, sinceros no somos ninguno.

—Pero yo al menos no engaño a la gente.

—Tú lo que tienes es muy mala memoria. ¿Quién se gastó los últimos sesenta y ocho euros que le quedaban en invitar a su madre a tomar el aperitivo en el Puente Romano?

—Pero era por no preocuparla.

—Ya...

—Que sí, no es lo mismo.

—Luis, que nos conocemos desde pequeños y tu madre no iba a preocuparse. Lo que pasa es que tu hermana está forrada y no quieres que te venga con el «*hayqueverquetuhermanatieneunacarrerayyosabíaquedelosnegociosnosevive*». Y antes muerto que contarle a tu madre que te has arruinado.

—No estoy arruinado.

—Pues que no tienes *cash*.

—Eso es distinto.

Después de una carcajada de las que hacían acabar cualquier conversación entre nosotros, se hizo el silencio. Luis me miró fijamente y yo me levanté.

—Pshh, ¿adónde te crees que vas?

—A tom... a llamm...

—A ningún lado. El tema de la amante de Alberto, ¿no lo vamos a sacar?

—No tiene una amante.

—Pues a la que se tira.

Esta vez solté yo la carcajada, pero no fue suficiente...

—¿Qué vas a hacer?

—Ahora no tengo ganas de analizar el caso. Ni tú, ni Elisabeth, ni yo tenemos ninguna evidencia de que sea así. Y ahora mismo no me apetece pensar en ello.

Luis me miró con cara de no dar crédito a lo que ocurría, la verdad es que era raro que yo no quisiera analizar y desmenuzar el asunto de la presunta amante de Alberto hasta sacar alguna conclusión. Yo misma me sorprendía de mi actitud.

—¿Qué pasa? No me apetece hablarlo.

—¿Que no te apetece hablarlo? ¿A ti? Tú estás muy rara.

—¡Pero qué imbécil eres! Ya me habéis dicho lo que pensáis y yo voy a meditar sobre ello.

—Ah, que de repente eres una persona reposada y que mantiene la cabeza fría y eso. Vale.

En ese momento sonó un mensaje del teléfono. Lo leí y solté: «¡Será posible este gilipollas ahora!».

—Perdona, pero he notado que te has alterado un poco. En circunstancias normales ni te preguntaría, pero en este momento, como te habías vuelto calculadora y fría, pues me asusta que reacciones así... ¿Qué pasa? ¿Es de Alberto?

—Anda, basta ya de ironía y déjame en paz. No, no es de Alberto, es de Arthur.

—Ay, Dios mío. Ahora lo entiendo todo.

—¿Todo qué?

—¿Pues qué va a ser? Que no estés subiéndote por las paredes con lo de Alberto. A ti te gusta Arthur.

—¿Pero qué dices? ¿Tú estás tonto?

—Guapita, te conozco desde que tenemos diez años.

—Que no, que no me gusta, en serio.

—Vale.

—Oye, me dice que si cenamos solos mañana.

—¿Solos?

—Sí, solos.

—Vaya...

—A lo mejor me quiere contar lo de su padre.

—Sí, seguro.

—¿Qué le contesto?

—¿Tú quieres cenar con él?

—Sí.

—Pues ponle: «Sí, gracias».

—Ya, pero no quiero que piense que estoy disponible así como así.

—Si es un amigo, le contestas que sí y ya está. Pero si estás coqueteando, entonces es otra cosa, aunque como no te gustaba...

—A ver, a mí en principio no me gusta...

—Marta, ¿cuántos años tienes? ¿Diecisiete?

—Ay, de verdad, hablar con un hombre es una chorrada.

—No, si yo te entiendo, hemos tenido esta conversación muchas veces. Vamos a ello. Pero hacía tiempo, ¿eh?

Era cierto, me sentía como en mi adolescencia. Y era verdad lo que decía. En ese momento estaba enfadada y desilusionada con Alberto. No tenía claro si estaba con otra o no, pero sí era evidente que la magia del principio había languidecido. De repente todo encajaba o se desencajaba, y sentí una liberación que no entendí por completo, pero que me hizo ver todo distinto.

—¡Eh! ¿Estás ahí? —me dijo Luis, sacándome de esa especie de epifanía.

—Sí, sí, perdona. Es que me... —Pensé que era muy complicado explicarlo y tampoco me acababa de fiar de mí, así que preferí no comentar lo que podría decirse que intuía.

—Que te has quedado ida. Algo le tendrás que decir a Arthur.

—Puede esperar. Es mejor hacerle esperar, ¿no?

—Sí, en teoría, sí. En vuestra teoría. Pero a él le va a dar lo mismo que contestes ahora que dentro de una hora. Es un hombre, no es como vosotras.

—Ya... ¿Qué le digo?

—Pues es que no sé qué quieres que él piense, a ver..., dime. Tengo dos horas libres antes de ir a la cena en casa de Brigitte. ¿Con dos horas tendremos suficiente?

—Pues a ver, a mí no me gusta de gustar, creo, así mucho. Pero, bueno, si le gusto, pues me apetece gustarle y cuanto más mejor.

—Ya... Cómo os complicáis la vida.

—Vale, vale, sí, mucho, pero ¿qué dirías tú? ¿Que te parece «estupendo»?

—Si te quieres hacer la estrecha, no sé yo... Es un poco que estás muy disponible.

—¿Muy disponible por decir estupendo? Si yo le preguntara a uno que me gusta si quiere que vayamos a cenar y me contesta «estupendo», yo me suicido, es muy poco entusiasta, yo casi lo consideraría un no.

—¿Un no? Tú estás loca. De «estupendo», ¿qué parte no entiendes? Entonces, para que tú consideraras que acepta con entusiasmo, ¿qué tiene que decir? ¿«Estupendo, estoy deseando, cuento las horas para que llegue ese ansiado momento»?

—No, pero «estupendo» y algo más tipo: «¿A qué hora te viene bien que quedemos y dónde?».

—Pero tú estás fatal. Las mujeres estáis fatal. Recapitulemos. Estupendo no, porque si a un hombre le dices estupendo lee: «Claro que sí y después me acostaré contigo».

—Ah, pues eso no. Entonces, ¿qué le digo? ¿«No»?

—Sería una opción. Para un hombre, ya sabes el chiste, un no es un quizá...

—Sí, ya, y un quizá un sí. En fin, dejemos los chistes malos... Puedo decirle: «No sé si podré».

—Eso está mejor, pero es un poco absurdo, ¿no? Que vives en Marbella y os movéis en el mismo ambiente, no estás en Londres.

Después de casi dos horas de discusión, Arthur llamó por teléfono, lo cogí, me preguntó si había leído el mensaje, le respondí que sí, me dijo que si me apetecía cenar con él en el Calima unos días más tarde porque se iba de viaje, le contesté que sí, me dijo: «Entonces, ¿el jueves a las nueve?», le respondí con un «estupendo», mientras guiñaba un ojo a Luis y colgué.

Él se levantó cogiendo las llaves del coche y murmurando «No puedo contigo».

Durante los siguientes días estuve esquivando a Elisabeth lo más discretamente posible. No quería comentarle que había visto a Henry y, si la veía, no iba a poder evitarlo. No tenía claro si el asunto era que ella no me lo había contado aunque lo sabía o si realmente no tenía ni idea, y en cualquiera de los casos me resultaba muy incómodo disimular. Algo similar a lo que me pasaba con Arthur, pero afortunadamente se había tenido que ir a Portugal por un asunto de su nuevo libro y no le vi durante ese tiempo, hasta que llegó el día de la cena. Por una parte, me apetecía. Me gustaba gustarle y probablemente me gustaba más de lo que me hubiera gustado que me gustara. Así era como Luis había definido mis intenciones hacia Arthur, y tenía razón. Tenía ganas de estar a solas con él, de ver cómo se comportaba, pero, por otro lado, estaba el mismo asunto que me separaba de Elisabeth. El «*Henrywate*», que era como lo habíamos bautizado Luis y yo.

CAPÍTULO 19

La preparación del estilismo para el encuentro con Arthur hubiera podido llevar el mismo derrotero que el del mensaje. Pero Luis, a la segunda pregunta sobre si pensaba que esa falda era demasiado corta y que quizá era mejor llevar pantalones, me respondió, como era de esperar, con un: «Todo te queda fenomenal y mientras no lleves un escote hasta la cintura o una microfalda sin nada debajo, no te preocupes, no se va a fijar en lo que te has puesto».

El consejo no me sirvió de nada y opté por ir lo menos sexy posible. Aquello era absurdo. Tenía una especie de novio (porque, si era sincera, Alberto no era un novio) y Arthur no había dicho nada de que aquello fuera un cita. Eché de menos esas películas americanas en las que la protagonista pregunta: «¿Pero esto es una cita?», dejándolo clarísimo. En Europa todo era tan ambiguo y yo tenía una autoestima tan poco alta que, como bien decía Luis, «Tú, hasta que no tienes al chico encima, no te enteras de que le gustas». Durante mi juventud la frase no había tenido ni pizca de exageración y ya en la madurez iba tomando más conciencia de cuándo alguien me invitaba a tomar un café no porque le gustara el café. En el caso de Arthur, era evidente que le atraía, pero no sabía tampoco hasta qué punto.

Media hora antes de pasar a recogerme, me llamó. La idea de que fuera para anular el encuentro me produjo una desazón que me sorprendió. Pero no, era para decirme que llegaba quince minutos tarde, que una llamada desde Inglaterra urgente le había entretenido y que lo sentía muchísimo. Las disculpas me parecieron un poco excesivas, pero me gustaba esa cortesía excesiva. Apareció en el Jaguar verde de los setenta que su padre solía usar cuando estaba en Marbella. Se lo había comprado a Deborah Kerr y solo lo utilizaba cuando viajaba a la costa.

Me pareció un detalle extraño, porque durante su estancia Arthur no lo había sacado nunca. Elisabeth le había preguntado por él al verle aparecer con un coche alquilado y Arthur había dicho que, si no estaba su padre, prefería no conducirlo, porque si tenía cualquier avería, era capaz de matarle. Al subirme sí que le pregunté, era absurdo no hacer ningún comentario, el Jaguar era demasiado llamativo como para obviarlo.

—Parece que al final te has atrevido a coger el *tesssoro* de tu padre —dije imitando al Golum de *El Señor de los Anillos*, en plan *comoquiennoquierelacosa.*

—Sí, tendremos que ir con cuidado, porque como se lo raye, me mata.

—Prometo no distraerte.

—Va a ser complicado, pero no te miraré.

—Sí, sé que es difícil, qué le vamos a hacer —contesté coqueta, pensando que Elisabeth diría algo parecido—. Por cierto, ¿cuándo viene tu padre?

Hubo un silencio, Arthur carraspeó.

—Hummm, no está claro...

—Ah.

—No se sabe bien.

—Ya... pero viene seguro, ¿no? Si no a Elisabeth le puede dar algo.

—Sí, sí, por supuesto... Oye, ¿te parece bien que vayamos a Babilonia, que nos pilla cerca? Había pensado en el Calima, pero si bebo, luego coger el coche desde allí es un lío. Sé que es un poco... ya sabes... No es precisamente mi favorito, pero es que desde que cerraron los míticos, todo es brillos y mármoles y dorados... el imperio ruso...

—Sí, es todo el año Navidad —bromeé—. Bueno, el otro día fui a la clínica Incasun, no sé si has estado, pero es como una especie de discoteca.

—¿Te pasa algo, estás bien? ¿O era una simple revisión?

—No, fui a la parte de estética, no a la de la clínica en sí.

—Ah, claro, perdona, qué tonto, debí imaginar que habías ido a la de estética.

—Tampoco creo que debieras imaginarlo... ¿Tanta falta me hace? —dije, intentando añadir un toque de humor, porque notaba que el ambiente se empezaba a poner tenso. Me estaba perdiendo mi lado periodístico, mi maldita curiosidad. Tenía que olvidarme del «*Henrywate*».

—Muchísima, muchísima. Iba a decirte que te has quitado como treinta años de encima, parece que funciona la clínica —contestó mientras llegábamos y me abría la puerta el guardacoches. Él se acercó y me dio la mano para que saliera—. Si estás más alta y todo.

—Y eso que no llevo tacones —dije, apoyándome en su hombro y haciendo un gesto coqueto con la pierna para mostrar mis Louboutin de las grandes ocasiones, de quince centímetros.

Cuando estaba intentando recuperar el equilibrio, levanté la cabeza y vi que Arthur me miraba sonriente.

—¿Qué pasa? —pregunté.

—Nada, que me encanta cuando haces esos gestos de niña, de niña coqueta.

—¿Qué gestos?

—Nada, supongo que no te das cuenta, venga vamos para dentro, que llegamos tarde y lo mismo nos quita la mesa Anna Karenina.

Los dos nos reímos y entramos en el local. Su colonia empezaba a resultarme muy familiar y me hacía sentirme a gusto. A partir de ese momento todo fue fluido. Comentamos mordazmente el público que nos rodeaba, hicimos bromas absurdas sobre la comida y, por primera vez desde que habíamos empezado a tener más confianza, desde que nos volvimos a encontrar en Marbella, empezamos a coquetear abiertamente. Hasta entonces las conversaciones habían sido de amigos. Sí, él siempre lanzaba algún halago, pero yo lo tomaba así, como una galantería de un hombre amable con el que me encontraba bien, sin más. Pero aquella noche algo cambió. Probablemente fui yo. Y me di cuenta de que Arthur tenía una chispa, un atractivo que hasta entonces no había querido ver.

Me hizo sentir tranquila, mucho más relajada de lo que había estado en muchos meses. Y también seductora, atractiva, no porque llevara un vestido de Prada que me había comprado en mi buena época (en rebajas, eso sí), sino por mí misma. Porque, como me había dicho, él se daba cuenta de que hacía un gesto que ni yo misma había percibido y que, al parecer, le encantaba.

Con Alberto todo era impostado, casi una competición. Al principio pensaba que era cosa mía, pero luego, al verle con otra gente, comprobé que no, que él también contribuía a producir esa tensión porque no estaba relajado nunca, ni haciendo el amor. Arthur me hacía sentir bien. Única. O más bien la única. Como siempre me había pasado con los hombres con los que había estado. El problema era que con Alberto me había acostumbrado a estar siempre alerta, a sentir que en cualquier momento iba a levantarse e irse para siempre.

Recordé una cosa que me dijo Elisabeth una vez: «Lo tuyo con Alberto supongo que es como yo con Gary, el *Tú me acostumbraste* pero no a todas "esas cosas que son maravillosas", sino a las espantosas». En aquella cena con Arthur me di cuenta de que estar bien era eso. Y se me había olvidado. Parafraseando a Elisabeth: «A lo malo disfrazado de bueno se engancha uno rapidísimo, es la droga más adictiva y, como la droga, al principio gusta, pero luego solo sirve para sobrevivir».

Aquella noche me hizo ver claras algunas cosas. No se trataba de que me hubiera enamorado de Arthur y automáticamente me olvidara de Alberto. Simplemente, el hecho de estar con otro hombre al que le gustaba y con el que me sentía bien me había hecho verme desde fuera, y no me gustaba la Marta que aparecía.

Con Arthur no tenía esa urgencia de fin del mundo o de que no volvería a verle, así que cuando acabamos de cenar, nos tomamos una copa y le pedí que me llevara a casa. De momento era un amigo y no quería que la cosa fuera a más.

Cuando llegué a casa, Luis no había regresado aún de la cena a la que había ido, así que me acosté, pero no podía conciliar el sueño. Al rato le oí llegar, ir al baño y marcharse a la cama. Yo seguía dando vueltas. Un momento después escuché ruidos en la cocina. Me di la vuelta e intenté dormir. Llamaron a mi puerta y casi me muero del susto, pero era Luis: «Marta, ¿estás ahí?». Abrí y nos miramos horrorizados. Me hizo un gesto para que no hiciera ruido. Cogió una raqueta de tenis que había en el pasillo y fue hacia la cocina. Yo le seguí.

Entramos en la cocina y detrás de la puerta de cristal, blindado, había tres hombres de negro con pasamontañas y palancas, intentando abrirla. Luis empezó a gritarles, a insultarles y a decirles que se fueran. Yo estaba detrás de él, paralizada. Luis se dio la vuelta y me dijo: «No funcionan los móviles, pero coge el fijo, coge el fijo y llama a la policía». Yo cogí el teléfono que estaba en la pared de la cocina y nada más descolgarlo oí una voz: «Este terminal tiene temporalmente restringidas las llamadas. Para restablecer la línea, llame por favor al 1004». De repente me di cuenta, lo teníamos cortado, claro. Pero fingí que funcionaba. Marqué el 092 por si acaso, pero nada, y empecé a gritar lo que suponía que diría si realmente me lo hubieran cogido: «Nos están robando, vengan ya, calle Buganvilla 8, chalé, al lado del centro de salud, vengan ya, están a punto de entrar». Absolutamente metida en el papel empecé a gritar: «Están viniendo, están viniendo». Los ladrones se miraron, soltaron por fin las palancas y echaron a correr. Luis se volvió hacia mí y me abrazó. Me eché a llorar. Él estaba temblando y me preguntó: «Pero ¿de verdad has hablado con la policía, has llamado al 112?».

—¿Al 112? Coño, he estado fingiendo, que tienes el teléfono cortado.

—Pero, mujer, por Dios, que a emergencias se puede llamar. ¿A cuál has llamado?

—Al 092, pero por llamar a alguno, si daba igual, decía que estaba fuera de servicio.

—Pero... pero tenías que haber llamado al otro. Da igual...

—Pues llama, llama ya, no vaya a ser que vuelvan.

Cuando todo pasó, nos entró el miedo real. Eran las cuatro de la madrugada, así que no podíamos ir a casa de nadie. En ese momento me entraron unas ganas inmensas de llamar a Arthur. Fue la primera persona en la que pensé. Objetivamente era lógico. Alberto estaba a miles de kilómetros, no iba a venir, pero daba igual, tampoco Arthur podía hacer gran cosa. No pensaba en telefonearle para que acudiera en mi ayuda, simplemente me apetecía hablar con él, que me tranquilizara. Con Arthur podía mostrarme vulnerable, niña. Aquella noche casi no dormimos. Nos tumbamos en los sofás del salón y estuvimos charlando y dormitando.

Tres horas después, cuando empezó a amanecer, Luis cayó rendido. El sol era como esa «casa» que decíamos cuando jugábamos al corre que te pillo. El conjuro que salvaba. Yo también, cuando llegó la luz, me tranquilicé. Y pensé, con la novela nueva rondando ya en la cabeza, que la verdadera escena de miedo en cualquier relato del género que se preciara debía llegar en ese momento. Cuando los protagonistas, después del terror nocturno, se relajan mecidos por la luz del día. Ahí tenía que llegar de nuevo el asesino.

Tapé a Luis con una sábana. Cerré las persianas y me fui a mi cuarto. Eran casi las ocho y sabía que Arthur madrugaba, así que le llamé. Me respondió adormilado, pero en cuanto le dije que nos habían intentado robar, su reacción fue inmediata. Le aclaré que ya estaba todo en paz, que había sido por la noche y que solo me apetecía hablar con él, que estaba bien y no necesitaba nada. A los veinte minutos estaba en la puerta de entrada. Le dejé una nota a Luis para que no se preocupara si no me veía, que estaba la cosa como para sospechar de un secuestro, y Arthur me llevó a la playa.

A esa hora estaba preciosa. Vacía, solo con algún pescador y un par de personas haciendo *footing*. Le conté detenidamente lo que había pasado y de repente me vino toda la congoja, me eché a llorar, y Arthur me abrazó con una seguridad y una dulzura que me hicieron sentir completamente protegida, como si no pudiera pasarme nunca nada si estaba allí acurrucada en su pecho. Olía a almidón y a su colonia. Y me acariciaba el pelo con una delicadeza que contrastaba con su voz ronca. Cuando me recuperé un poco pensé que iba a besarme y yo, desde luego, no me habría resistido. Pero no. Me dejó su pañuelo y me preguntó cómo no había sonado la alarma. Mi versión había sido distinta a la real. Omití el asunto del teléfono cortado y de la alarma desactivada. Pero cuando me interrogó al respecto pensé que era absurdo seguir fingiendo, así que le conté la historia real, con su toque de humor. Arthur se partía de risa, pero cuando acabé me miró y me dijo: «Entonces estáis en una situación muy difícil, ¿no? Lo siento muchísimo. No son buenos tiempos... ¿Tú crees que Luis se ofendería si vuelvo a poner la alarma? No le conozco prácticamente, pero no quiero que estés en una casa así de desprotegida».

Le contesté que hablaría con él y que quizá aceptaría si era una especie de préstamo. Me parecía que era un abuso, pero, por otra parte, estaba muy asustada y con la alarma sí que me sentía más segura. Agradecí el detalle de Arthur.

Empezamos a caminar por la arena. En silencio. Había una complicidad que nos hacía estar a gusto sin hablar. Se paró y me miró muy serio. Fue a decir algo, pero pareció rectificar y siguió andando.

—¿Qué? —dije yo, dando por hecho que quería explicarme algo. Probablemente el porqué estaba allí Henry. El momento era propicio para ello.

—No, nada —respondió mirando al suelo.

—Vamos, Arthur, ¿qué pasa?

—No, le prometí a Elisabeth que no te lo contaría.

—Venga, no seas tonto, es sobre tu padre, ¿verdad? —le contesté, a punto de decirle que le había visto, dándole pie para que no sintiera que estaba traicionando a Elisabeth.

—¿De mi padre? No... ¿De mi padre? —preguntó, parándose en seco y mirándome escrutadoramente.

—No, como has dicho algo de Elisabeth... No, no tengo ni idea. ¿Qué pasa? No me puedes dejar con esta intriga —dije, realmente ansiosa por saber qué pasaba e intentando disimular. Si no era eso lo que iba a decirme, prefería no desvelar lo que yo sabía.

—No, perdona, pero soy un hombre de palabra. Si quieres pregúntale a Elisabeth, que sea ella quien te lo desvele.

—Pero...

—No, de verdad, no puedo contártelo, se lo prometí. Creo que deberías saberlo, pero ella no opina igual, y juré no decir nada.

—Es sobre Alberto, ¿verdad?

—No voy a decirte nada, de verdad, Marta. No insistas.

—Bien, no insisto —dije más ofendida de lo que realmente estaba, a ver si le convencía para que me revelara lo que fuera. Intuía que era algo sobre Alberto y suponía que estaría relacionado con alguna infidelidad. Tampoco insistí. Pero estaba deseando irme para llamar a Elisabeth y ya la magia del momento se había roto.

—Está claro que hay algo que sabes sobre mi padre... Es absurdo seguir ocultando esto y quiero contártelo. Vamos a sentarnos, venga.

—Bueno, yo... no...

—No, da igual. Él prefería que no se supiera, pero da igual, necesito compartirlo contigo. Mi padre está aquí, en Marbella.

—Lo sé, le vi el otro día en la clínica —le interrumpí, no tenía sentido hacerse la loca.

—¿Y por qué no...? No importa. Lleva aquí un mes. Tiene un cáncer de pulmón, con metástasis. Se lo diagnosticaron hace unos meses y le dieron como mucho un año de vida. Aquí hay una terapia que no cura, pero ayuda a aliviar los síntomas...

—Pero ¿por qué no dice que está aquí? ¿Elisabeth lo sabe?

—No, precisamente lo que no quiere es que Elisabeth lo sepa. Se lo diagnosticaron unos meses antes de que ella se viniera a Marbella. Y en este tiempo él se ha deteriorado muchísimo, bueno, si le viste...

—Le vi de refilón, más bien le oí. Y supuse que no quería que se supiera e hice lo posible para que no me vierais, así que no me fijé, la verdad.

—Bueno, vino hecho un guiñapo, pero ha engordado unos kilos y está mejor. Tiene más energía. Él sabe que se va a morir, pero no quiere que Elisabeth le vea así y encima ahora lo de su cumpleaños... Ha venido para aguantar el... —Arthur paró un segundo, se le quebró la voz. Le cogí la mano y me miró como un niño desvalido. Se me partió el corazón. Le apreté la mano con más fuerza.

—Ya, ya... Me imagino. Conociéndolos... No quiere que le vea en un mal momento.

—Sí, es absurdo. Pero así es. Yo le he insistido, creo que ahora necesita estar con ella, su cariño...

—Bueno, Arthur, Elisabeth cariñosa, lo que se dice cariñosa no es... —dije por desdramatizar un poco el momento.

El me miró y sonreímos.

—Ya, pero que esté con él. Es evidente que no van a hablar de esto. Llevan toda la vida juntos y jamás han hablado de nada que tenga que ver con las emociones o con algo desagradable, pero... Sí, es cierto. Yo también a veces pienso que es lo mejor. Pero no puedo entender esa manera de...

—No, yo tampoco, pero parece que les funciona...

—Lo que están los dos es muertos de miedo. Especialmente Elisabeth. Y yo, la verdad, no entiendo ese tipo de relación. Si me enamoro, quiero estar con esa persona, necesito darme y espero que ella también lo haga, pero ese es su problema. Hasta ahora he sido muy cauto, pero sé que es porque no me he enamorado. Pero a la vejez viruelas, sé que el amor es eso.

—A lo mejor es que Elisabeth no está enamorada.

—No, no, está loca por mi padre, pero el terror a perderlo es tal que se niega a disfrutarlo. Es como si tuvieras delante una tarta de chocolate y tuvieras ganas de comértela entera, con las manos, pero no, en vez de hacer eso, fueras lamiendo un poquito cada día. No te hace feliz, no te da placer, pero no pierdes los estribos.

—¿Y tu padre?

—¿Mi padre? Mi padre la ha adorado siempre. Desde antes de que muriera Gary, siempre. Y se pasa la vida de puntillas para no hacer algo que la moleste. Mi padre es muy inteligente y sabe que Elisabeth está jugando, pero también que ella es capaz de dejarle, aunque se le rompa el corazón. Últimamente he pensado mucho en esto. Antes lo veía como algo adorablemente excéntrico, pero desde que te... desde hace un tiempo algo ha cambiado en mi forma de ver el mundo y su relación me preocupa. No... —En ese momento sonó la alarma de su móvil—. Perdona, no me había dado cuenta de la hora... Voy a tener que irme, en media hora mi padre tiene cita con el médico y quiero estar allí. ¿Te llevo de vuelta a casa?

—No, casi estoy pensando en ir a ver a Elisabeth. Espera, le mando un mensaje y si está en su casa, me acerco.

Capítulo 20

—Anda, siéntate, que no sé qué voy a hacer con este Arthur... —Elisabeth me había recibido con su quimono de seda, sin maquillaje y con el pelo recogido en un moño deshecho que la hacía parecer más joven y mucho más frágil. Nada más llegar fui al grano. Le conté brevemente lo del robo, la conversación con Arthur, omitiendo el asunto de Henry, y me dejé de rodeos. Quería saber qué era eso que Arthur le había prometido que no iba a contarme—. Y no me mires así porque en el fondo tú lo sabes...

—Imagino que tiene que ver con Alberto...

—Sí...

—Que tiene un amorío... ¿con quién? ¿Con la turca?

—Bueno, eso supongo que también...

—Ah, ¿es que hay otra?

—Pues, al parecer, sí. Pero a ver, dejemos las cosas claras antes de contarte nada. Y también quiero explicarte por qué no le dejé a Arthur que desvelara lo que sabía. Arthur está enamorado de ti...

—Vaya. Bueno, supongo que le gusto, sí, no lo voy a negar, pero de ahí a estar enamorado...

—Sí, parece extraño. Pero ¿tú no te has enamorado de alguien a primera vista?

—Sí, bueno, de mi marido fue así...

—Y os casasteis...

—Sí, y fuimos muy felices hasta que... pero quizá podíamos haberlo sido toda la vida, sí.

—Pues Arthur está enamorado de ti y él no es Alberto. Quiero decir que no es de estos hombres que dicen que se enamoran cada cinco minutos. De hecho, yo nunca le he visto así por nadie.

—Bueno, no sé... —dije yo sorprendida y con una extraña sensación de felicidad y plenitud.

—En fin, de eso ya hablaremos... pero vamos a lo que nos interesa. El hecho de que Arthur esté como está, que tenga esos sentimientos hacia ti fue lo que me impulsó a pedirle que no te contara nada. Quería investigar antes por mi cuenta. Porque sé cómo es la sociedad de Oriente Próximo, cómo funcionan los cotilleos del cuerpo diplomático y cómo una tontería se puede convertir en algo aparentemente gravísimo si lo interpreta alguien con una mirada interesada. Yo no he podido descubrir nada. Y la gente con la que he hablado no conoce a Alberto.

—Vale, vale, pero... por favor... ve al grano, querida.

—Sí, perdona. Pero estos prolegómenos eran necesarios, querida mía. El asunto es que Alberto tiene una novia libanesa con la que se pasea por Turquía y con la que lleva dos años de, digamos, relación formal, aunque en la distancia.

—A ver, ¿una novia formal? Lo primero, él no tiene novias formales.

—Pues parece que esta sí. Quiero decir, que la presenta como su novia. Bueno, es libanesa, de una familia de la alta sociedad y muy tradicional, por lo visto, ella no aceptaría otra cosa.

—¿Y Arthur cómo se ha enterado?

—Tienen amigos comunes y alguien le habló de la prometida de Alberto, y Arthur, que ya te he dicho que está loco por ti y nunca ha confiado en Alberto, preguntó y le dijeron que se llamaba no sé cómo, un nombre raro, que no era Marta desde luego. Él siguió investigando y, según su versión, está prometido con esa chica y se casan el mes que viene.

—Pero... Pero ¿cómo que se casan el mes que viene? —grité, fuera de mí—. ¡Y me lo dices tan tranquila y encima le dices a Arthur que me lo oculte! Pero ¿estáis todos locos o qué?

—Tranquila, tranquila —susurró Elisabeth como si estuviera apaciguando a uno de sus caballos.

—¿Cómo que tranquila? Lo mato, yo lo mato. ¿Y tú? ¿Tú en qué piensas? ¿Cómo se te ocurre ocultarme algo así? Pero ¿desde cuándo lo sabes?

—Pues, primero, porque no sé si es cierto y quería confirmarlo... Y, segundo, porque no tenía claro hasta qué punto te iba a importar... y seamos claras: porque si Arthur te lo contaba sabía que le odiarías, como te está pasando ahora mismo conmigo, que así somos los humanos. Arthur y tú hacéis una pareja perfecta. Y quería que todo empezara bien. No que te lanzaras a los brazos de Arthur porque te contaban esa barbaridad sobre tu novio... —Elisabeth se quedó callada un momento—. Bueno, ya. Da igual lo que te diga ahora. ¿Quieres un oporto?

—No, no, gracias. Sí, perdona que te haya gritado. Creo que aunque seas inglesa lo entiendes...

—Sí, querida, lo entiendo. Te veo incluso excesivamente controlada.

—¿Para ser española?

—No, en general —respondió con esa flema suya que sabía que me hacía soltar una carcajada.

—Anda, dame un oporto, sí.

Después de tres oportos y cuando veía que estaba a punto de perder los papeles y pasar a la fase de la exaltación de la amistad, decidí no seguir con aquel delicioso Da Silva del 37 que le habían traído a Elisabeth los cónsules de Portugal. No quería empezar a contarle todo lo que Arthur me había dicho sobre Henry. Así que me despedí, prometí llamarla después de haber hablado con Alberto y cuando iba camino de casa, pensé que no, que mejor me iba a la playa. No me apetecía tener esa conversación en casa de Luis, prefería estar en un sitio sin testigos. Estaba furiosa y tenía sentimientos que nunca había experimentado y que me estaban sacando de quicio. Nunca había sentido esa ira. Marqué el número de Alberto y por un momento pensé en lo que iba a costarme aquella llamada, pero en ese instante me daba igual todo.

—Oh, Marta, ¡qué sorpresa! —dijo con ese tono desenfadado, seductor, que usaba con todo el mundo, desde conmigo cuando me decía que estaba guapísima hasta con la señora de la panadería para pedirle dos barras de leña y una integral.

—Sí, quería hablar contigo urgentemente —solté muy seca y sin saber muy bien cómo empezar.

—¿Va todo bien? ¿Ha pasado algo?

—Sí.

—Dime, ¿estás bien?

—No.

—¿Qué ha pasado? —Su tono comenzaba a dejar de ser de preocupación por mí para serlo de preocupación por él. Estaba claro que empezaba a notar que la conversación no iba a ser agradable.

—Pues que me han contado que tienes una novia y que te vas a casar.

Silencio al otro lado de la línea.

—¿Estás ahí? —pregunté de manera retórica. Ese silencio estaba claro qué quería decir.

—Sí, estoy aquí. ¿Y qué quieres que hablemos?

—Pero ¿es cierto?

—Sí, es cierto.

—Ah, ¿y ya está?

—¿Quieres que te cuente algo al respecto? ¿Quieres preguntarme algo?

—No, no tengo nada que preguntar —contesté. Pero reaccioné rápido. Claro que tenía miles de cosas que preguntar—. Sí, sí que tengo que preguntarte algo y que decirte también.

—Bueno, Marta, creo que no somos dos personas a las que les gusten las escenas...

—Perdona, no te gustarán a ti. A mí me acabo de dar cuenta de que me encantan las escenas. Y ¿sabes lo que eres? Eres un cobarde y un...

—Bueno, no te alteres, te estás poniendo nerviosa, tranquila.

—¿Que no me altere? ¿Que no me altere? Tú eres un hijo de la gran puta. Que no me altere. Pero a ver. Llevamos casi un año saliendo juntos, yo he dejado a mi marido para estar... bueno, no, no le he dejado para estar contigo, pero da igual. Llevamos un año juntos. Y ahora resulta que tienes otra novia y que estás comprometido. ¿Pero tú qué te crees que soy yo? ¿Tú sabes lo que me has hecho?

—Sí, llevamos unos meses viéndonos...

—¿Viéndonos? ¿Viéndonos? Por Dios, Alberto, que conozco a todos tus amigos y tú a los míos. Que hemos estado viviendo en Londres como si estuviéramos casados...

—Mira, Marta, yo nunca te he dicho que fuera a casarme contigo.

—Bueno, ya ¿y? ¿Eso qué significa?

—Pues que, Marta, ¿tú estás bien cuando estoy contigo?

—¿Qué? A ver si lo entiendo, no sigas por ahí.

—Marta, yo... No te he contado nada sobre Wafaa porque no me parecía necesario.

—¿Y cuál era tu plan?

—Yo no hago planes.

—Mira, no me vengas con filosofías orientales, ¿eh?, *yonohagoplanes*. Pero a ver, ¿tu idea era seguir conmigo hasta que un día me dijeras que te ibas a casar? No sé, al día siguiente.

—Lo primero, que esté comprometido no quiere decir que me vaya a casar... sí, sí, ya sé que técnicamente sí, pero tú sabes cómo son las mujeres de países con tradiciones ancestrales, para ellas es importante el símbolo y es importante estar comprometido, pero no sé si me casaré, y yo viajo mucho, si me casara, no tendría que cambiar nada entre nosotros...

—Pero ¿tú te estás oyendo? Mejor dicho, ¿tú me estás oyendo? ¿Tú te crees que yo voy a aceptar algo así?

—Hay mujeres que tienen una forma de ver la vida más del presente, de sentir...

—No me vengas con sentir ni me líes con el aquí y el ahora... Pero la tía esa, ¿sabe que estás conmigo?

—Nosotros no hablamos de esos temas.

—¿Cómo que no habláis de esos temas?

—Que ella no pregunta qué hago cuando estoy fuera.

—Ya... pues sabes que te digo. Que, efectivamente, estáis hechos el uno para el otro...

—Marta, yo nunca te he mentido... tú sabes que yo te he dicho que mi naturaleza es polígama.

—No me vengas con que no me has mentido, porque esto no es como si te digo de repente que no soy morena natural, que me tiño... No, no me has mentido porque yo no voy preguntando al tío con el que prácticamente convivo: «Oye, ¿tú estás comprometido? ¿Cuando sales de viaje te vas a vivir con tu futura esposa?». No me vengas con chorradas. Y mi naturaleza es de irme a Turquía y matarte, pero no voy a hacerlo, así que lo de la poligamia te lo tragas. Poligamia con la que lo acepte, yo no.

—Yo nunca he pretendido ser otra persona... Soy así o se me acepta o no...

—¿Que no has pretendido ser otra persona? Por favor, llevas intentando ser otra persona desde que eres adolescente.

Y colgué. Y me eché a llorar más de rabia que de tristeza. Estuve a punto de volver a llamarle para decirle más cosas que pensaba de él, que pudieran hacerle daño, el que estaba sintiendo yo. Pero no. ¿Para qué? Estaba claro que Alberto, sí, era un narcisista. Alguien que no tenía empatía, que le daba igual causar dolor y que no sentía ninguna responsabilidad sobre cómo sus actos podían afectar a los demás. Así que ¿para qué? Mandé un mensaje a Elisabeth explicándole lo que había pasado y me fui para casa.

Cuando llegué al chalé estaba allí Elisabeth con Luis. Ella había ido nada más recibir mi mensaje. Estaban sentados en el porche. Luis se levantó, me abrazó, y Elisabeth, con un tono cómicamente desenfadado, dijo: «No queremos detalles. Esto se ha acabado y ya está. No vas a dedicarle ni un segundo más de tu tiempo, anda, siéntate aquí y toma un poco de té verde, el té verde lo soluciona todo». Me senté y sonreí, era cierto, ponerme a contar el tema, la conversación, los detalles, no servía de nada. No tenía el más mínimo interés en buscar una solución, así que recrearme en el asunto solo me iba a crear problemas.

—Le estaba diciendo a Luis que yo conocí esta casa en los sesenta, a la gente que la construyó. Eran sir William Carver y su amante, ahora se diría su novio, un aristócrata marroquí, guapísimo. Ellos la diseñaron y yo siempre estuve enamorada de este chalé, fíjate que no sabía que era aquí donde vivía Luis. Me habías dicho la calle, pero ignoraba que era esta casa, hace treinta años que no vengo y sigue preciosa. El jardín está idéntico, debo decir.

—Pues si quieres comprarla, ya sabes, está en venta... —dijo Luis con una sonrisa triste—. O si crees que le puede interesar a algún amigo.

—No sabía que la vendías, quizá se te ha quedado un poco grande para ti solo, pero es tan bonita.

—Sí, se me ha quedado grande y además me apetece cambiar de aires. Mi hijo tiene su vida, ya no hay ningún negocio que me ate aquí... Estaba pensando en irme a vivir no sé, cerca, porque parte de mi familia está en Málaga, pero a Marruecos o algún sitio donde la vida sea más fácil.

—Sí, por eso me he venido aquí yo. Porque la vida es mucho más fácil —dijo Elisabeth, recalcando el «fácil» y sonriendo.

—Es lo más inteligente. Y la verdad es que necesito un poco de *cash* —remató Luis, riendo.

—Con esta casa tendrías mucho *cash* y en Marruecos puedes tener una mansión por la tercera parte que aquí. Me parece una decisión muy inteligente. Ojalá pudiera comprarla yo. Me parece una casualidad inmensa que esta casa en la que he pasado tantos buenos momentos sea ahora tuya. La vida cuántas vueltas da —dijo Elisabeth con aire pensativo, pero al momento se giró hacia mí—: ¿Tú cómo estás? ¿Me quieres acompañar a dar los últimos retoques para la fiesta? He quedado con Arthur —comentó con tono pícaro.

—Ay, no sé, no sé si me apetece ver ahora mismo a Arthur... —contesté lánguida.

—Puedes ponerte de luto y no salir durante un año para velar lo tuyo con Alberto... pero yo creo que lo mejor que puedes hacer es maquillarte un poco, ponerte un vestido bonito y coquetear con Arthur. Está claro que te gusta, pues ya está. Él te adora. Deja que te dore un poco la píldora.

Luis soltó una carcajada, moviendo la cabeza en un claro gesto de «Cómo son las mujeres». Elisabeth le miró divertida.

—No, tú no te rías. Que anda que no os recuperáis pronto los hombres. Os rompen el corazón, a los tres días estáis con otra y al año tenéis una familia, así que no, no somos tan malas, hay que tomar ejemplo de vosotros. No, no, no voy a permitir que me repliques. No. Venga, Marta, arréglate, te doy quince minutos. Oh, Luis, ¿serías tan adorable de ponerme otra copa de champán? Marta, ¿no quieres un poco? He traído esta botella que me regaló Arthur para que te animaras, pero la verdad es que casi nos la hemos bebido entre Luis y yo.

—Ay, no, no estoy ahora para champán ni para nada.

Aquella tarde, como no podía ser de otra manera, porque nadie le llevaba la contraria a Elisabeth, fui a casa de Clothilde para ultimar los preparativos de la fiesta. Llegamos y Arthur no estaba. Yo no dije nada y Elisabeth tampoco, pero cuando ya llevábamos una hora allí, le pregunté. En teoría me había arreglado y esforzado en ir hasta allí para verle. Elisabeth, con esa ligereza que yo ya conocía y que solía esconder una de sus pequeñas mentiras, me dijo: «Sí, es raro, bueno, no sé, le habrá surgido algo». La miré inquisitiva y se hizo la loca. Yo no tenías ganas de juegos, así que repliqué: «Le has dicho que venía y se está haciendo el interesante».

—¿Cómo puedes pensar algo así?

—No, voy más allá, le has dicho que no venga.

—Por favor, por favor, Marta, me ofendes —dijo en un tono impostado con el que estaba expresando claramente que había acertado.

—¡No me lo puedo creer! Pero eres una celestina en toda regla. O sea que me has hecho venir y luego le has mandado un mensaje para que no venga... Eres diabólica —le recriminé, también fingiendo indignación, aunque lo cierto es que, pese a las pocas ganas de juegos que tenía, me hacía gracia ese carácter de Elisabeth. Se lo estaba pasando bomba jugando a sus *liaisons dangereuses* particular.

—Solo quiero que esto salga bien. ¿Y ves? Te has puesto nerviosa cuando no ha aparecido Arthur, se nota a la legua que te gusta. Únicamente quería comprobar eso. No podría soportar que le volvieran a romper el corazón y, en serio te lo digo, ese hombre está loco por ti.

—Eres... eres... eres lo peor —reí, mientras me daba un beso en la frente.

—Sí, sí, lo peor. Ven, vamos a ver cómo quedan los lotos de la piscina, yo creo que no son excesivos, pero quiero tu opinión, lo mismo me he pasado. A Henry le encantan los lotos. Recuerdo un viaje a Cachemira que hicimos hace años, nunca le he visto tan feliz como en aquel lago de lotos.

—¿Has hablado con él estos días? —pregunté.

—Sí, claro, todos los días —respondió Elisabeth, mirándome extrañada.

—Ya, ya sé que hablas todos los días con él —dije, consciente de que había metido la pata—. Pero me refiero a si ha sospechado algo de la fiesta.

—No, no, en absoluto. Llega pasado mañana.

—Pero ¿ya es miércoles? Ay, por favor, qué despiste. La fiesta es ya, el sábado.

—Sí, y a partir de mañana empiezan a venir los invitados, esto va a ser una locura.

—Bueno, pero está todo organizadísimo y va a ser espectacular.

—Sí, espero no haberme equivocado con esta idea de hacerlo aquí. Pero es que si no, en Londres habría sido otra fiesta más.

—Le va a encantar. ¿Tú que le has dicho, que os iréis los dos a cenar a algún sitio?

—Le he comentado que estaba harta de vida social y que me apetecía más algo íntimo. Y creo que a él le encantó la propuesta, porque últimamente está agotado y me temo que pensar en montar una fiesta le horrorizaba, así que le pareció una idea genial.

—¿Sí? ¿Estaba muy cansado últimamente?

—Sí, pero ya sabes cómo es Henry. Se toma todo muy a la tremenda y organizar la expedición a la Patagonia le está costando. Pero él es así.

—Sí, claro.

—¿Estás bien?

—Sí, ¿por qué?

—No sé, te has quedado muy pensativa. ¿Estás acordándote de, cómo le llama Luis, el Coronel Tapioca? —preguntó riéndose.

—No, no, para nada. No, estaba pensando en Henry, que ahora que lo dices, cuando me fui de Londres se le veía cansado. Guapísimo, como siempre, pero quizá un poco demacrado.

—Esa es otra, que no come nada. Espero que en este tiempo que ha estado solo se haya cuidado, porque es un caso.

En ese momento sonó el teléfono.

—Es Arthur —me dijo, cogiéndolo y guiñándome un ojo.

Capítulo 21

Los tres días anteriores a la celebración de la fiesta fueron agitados y divertidos. La mayoría de los invitados era gente que conocía de Londres, así que me convertí en una especie de anfitriona adjunta. Me alegró muchísimo volver a ver a todos esos personajes excéntricos con los que había pasado mi temporada en el cielo en Londres. Habían transcurrido poco menos de dos meses desde que había dejado Inglaterra, pero me daba la impresión de que todo aquello pertenecía a otra vida. Incluido Alberto. Un paréntesis lleno de aventuras, novedades, emociones encontradas pero con obsolescencia programada.

El reencuentro con Peter, Catherine, Aslan y el resto de la pandilla fue estupendo. Estaba claro que nos habíamos cogido cariño y me estimaban. Pero una frase de Peter me llamó la atención. Estábamos tomando una copa de champán en el jardín de la casa de Elisabeth. Era el día anterior a la fiesta y Henry estaba a punto de llegar, en teoría desde Londres. Los más íntimos íbamos a darle la sorpresa, la primera. El plan de Elisabeth era decirle que al día siguiente íbamos a cenar unas diez personas en casa de Clothilde y cuando llegara que viera el gran montaje y que habían venido no diez, sino cincuenta y siete invitados. Peter y yo estábamos sentados en el balancín que tenía Elisabeth debajo de una buganvilla. El resto de los invitados se repartían por el porche y dentro de la casa. Nos habíamos ido allí porque me quería enseñar unas grabaciones que había hecho en Mongolia y con el bullicio no se oían bien. Me estuvo contando su viaje y después, en un momento en que yo me quedé mirando hacia donde estaban los invitados, me preguntó:

—¿Alberto sigue en Turquía?

—Sí, creo que sí... —contesté lacónica.

—¿Crees? ¿Ha pasado algo?

—Bueno, ya no estamos juntos.

—Ah, no sabía nada, pero... ¿por eso te fuiste de Londres? Perdona, no quiero ser indiscreto.

—No, no, en absoluto, no lo eres, es lógico que me preguntes. Cuando me fui de Londres estábamos juntos. Me vine por cuestiones de trabajo. Rompimos hace unos días. Si se puede decir que rompimos, porque según él no estábamos juntos... —Intentaba ser lo más británica posible, pero no podía evitar un cierto resentimiento, y, al fin y al cabo, Peter era de confianza.

—¿Eso te dijo? —preguntó, riéndose.

—Más o menos sí. En fin, no puedo decir que pase del asunto porque aún me da rabia, pero mejor no darle vueltas.

—Sí, tienes razón. Pero te veo muy bien. Estás, no sé, como luminosa. En Londres tenías siempre una especie de tristeza o de tensión o una mezcla. Ahora te veo espléndida, en serio.

—¿De verdad? No sé, sí, estoy bien. Estoy bien por primera vez en mucho tiempo.

—Se te nota. Es como si estuvieras enamorada...

El comentario me sorprendió. Le miré inquisitivamente y él soltó una carcajada.

—Has hablado con Elisabeth, ¿no?

—No, te lo aseguro. Con Elisabeth no. He hablado con Arthur, y después de que estuviera hora y media mencionándote una y otra vez, no he necesitado ni siquiera preguntarle. Ese chico está loco por ti.

—Bueno, chico...

—Para mí, Arthur siempre será un chico. Y no sé por qué intuyo que tú también estás loca por él.

—Pero ¿por qué estáis todos tan empeñados en que esté con Arthur?

En ese momento nos interrumpió Elisabeth. Se había subido a la terraza del primer piso de la casa y desde allí, como si fuera un alcalde que se dirige a su pueblo, hizo parar la música. «Queridos, Henry está a punto de llegar. Arthur me ha llamado y acaban de pasar el control de la urbanización. Entrad al salón, por favor, vamos a recibirle. Y gracias a todos por estar aquí. Henry y yo os lo agradeceremos siempre. Vais a hacerle muy feliz».

Todos aplaudimos, Peter gritó un *God save the Queen* y fuimos para dentro.

La entrada de Henry fue emocionante. Supongo que para todos, pero especialmente, por razones obvias, para mí. Con un pantalón gris y una camisa blanca remangada, el pelo echado hacia atrás y esa apostura tan elegantemente desgarbada, se quedó en el arco de entrada al salón, sonriendo y con los brazos en jarras, como el que va a regañar con cariño a unos niños que han hecho una travesura. Cuando dejamos de lanzarle vítores y de cantarle el cumpleaños feliz, Henry se acercó a Elisabeth, la cogió por la cintura y le dio un beso de película. Largo e inclinándola un poco hacia atrás. Todos aplaudimos y Henry dijo: «Gracias, no puedo decir nada más, bueno, sí, ¿nadie va a traerme una copa de champán?». Yo tuve que escabullirme para que no me vieran llorar. Podía ser normal que se me escapara alguna lágrima porque el momento era muy conmovedor, pero me había dado una llantina terrible. Verle tan guapo, tan feliz, tan enamorado de Elisabeth cuando sabía que estaba tan enfermo me mataba.

Cuando me recompuse y me retoqué el rímel, volví a la fiesta y Henry vino hacia mí lanzado. Él no era precisamente un hombre efusivo, así que me llamó la atención que me abrazara con ese cariño y levantándome la barbilla, me mirara fijamente y me dijera: «No sabes lo feliz que me hace que estés aquí. Gracias por ayudar a que Elisabeth y Arthur estén así de tranquilos». No sabía qué responder. No tenía ni idea de si Arthur le había contado que yo sabía lo de su cáncer o que estaba al tanto de alguno de los secretos que nos rodeaban a todos, así que sonreí y le di un beso en la mejilla. Él me dio otro en la frente y me cogió de la mano para llevarme hasta donde estaba Arthur, que cuchicheaba algo con Elisabeth.

—Siempre conspirando, ¿qué estarán tramando estos dos? —dijo Henry, dirigiéndose a mí.

Elisabeth se volvió sin saber disimular que, efectivamente, estaba organizando algo que no debía saber Henry. Arthur lo hizo algo mejor.

—Conspirador tú, que no me habías dicho que huías con Elisabeth a India, me lo acaba de contar.

—Pues sí, iba a ser una sorpresa, pero se lo he tenido que decir. Tengo los billetes para el lunes porque pensaba que esto iba a ser una celebración en *petit comité*, pero al ver la que ha montado, y como la conozco, se lo he dicho, que lo mismo había organizado una excursión con los invitados o algo similar.

—¿Pero este lunes? —pregunté yo entre contenta y preocupada.

—Sí, este lunes. Quiero celebrar mi cumpleaños en el sitio donde nos conocimos —respondió Henry, acariciando la mejilla de Elisabeth.

—Me parece precioso, ¡qué maravilla! —exclamé.

—Yo todavía no he podido reaccionar, pero sí. No puede ser más romántico —admitió Elisabeth, visiblemente emocionada, pero intentando que no se notara.

—Es estupendo —dijo Arthur, que quería parecer despreocupado, pero yo, que le iba conociendo y que era consciente del mar de fondo, sabía que no paraba de dar vueltas al asunto.

Elisabeth le miró, me miró. Y cogió del brazo a Henry.

—Bueno, querido, vamos a atender un poco a nuestros invitados, es imperdonable que estemos aquí los cuatro, la familia, sin hacerles caso —sentenció, remarcando muy exageradamente lo de familia.

—¿No sabías nada? —pregunté cuando se habían alejado.

—No, no tenía ni idea. Mi padre está completamente loco. Tal y como está, no puede irse a un país así ni, por supuesto, hacer un viaje de veinte horas.

—Yo le veo más o menos bien... pero sí, te entiendo.

—Y encima no puedo decirle nada a Elisabeth. Esto es de locos.

—Ya, pero, a ver, tranquilízate. ¿Realmente puede ir a peor o simplemente tiene que cuidarse?

—No lo sé. Igual estoy exagerando. Como tampoco me deja hablar con los médicos, no tengo ni idea.

—Pues confía en él. Tu padre no es un loco y adora a Elisabeth. Si va a hacer ese viaje, será porque sabe que no le va a perjudicar. Y le hará ilusión, yo lo entiendo.

—No sé, a mí me parece todo un despropósito.

—Un despropósito muy romántico.

Arthur se quedó un momento callado. Me miró y sonrió.

—Sí, he de admitir que es bonito. Supongo que sí, que merece la pena. Tienes razón. Es que no puedo creerme todo esto...

—Ya, me imagino...

—Sí, a mí me sorprende, es como si no le pasara nada. Mi padre ha afrontado siempre la vida así, a lo malo le presta muy poca atención. Cuando yo era pequeño, me encantaba cuando me decía: «Lo malo es como un pesado que se te acerca a una fiesta, lo mejor es ser cortés un momento y después ni recordar que te ha saludado». Y la verdad es que me ha venido bien aplicar esa enseñanza a lo largo de mi vida.

—Es una buena filosofía. Y en este caso, me parece lo mejor que puede hacer. Y mírale, está pletórico.

—Sí, hay que reconocer que se le ve feliz. Que Elisabeth haya hecho esto le ha encantado.

—Mírale, si se le cae la baba. Me encanta verlos juntos. Y ella también está encantada, en cuanto ha llegado tu padre le ha cambiado la cara.

—Sí, es verdad, la veía un poco apagada o preocupada estos días.

—Estaría cansada —aventuré, pensando en aquella visita suya a la tienda de Compro Oro.

—Seguramente. Me encanta verlos juntos, es como si realmente fueran ellos mismos, como si... no sé, no sé cómo explicarlo, supongo que hay que sentirlo.

—Sí, sé lo que quieres decir, bueno, creo que sí —dije, sonriendo y sin atreverme a mantener la mirada de Arthur.

La cena acabó relativamente pronto. Nadie quiso entretenerse porque la celebración en realidad era al día siguiente. Y aunque de cara a Henry iba a ser una cena informal, no era plan de ir con resaca, como bien recalcó Peter.

Al día siguiente, Elisabeth y yo habíamos quedado para hacer los últimos retoques para la fiesta. Comprar los pétalos de rosa frescos y la hierbabuena para construir las alfombras de flores, recoger las telas que iban a cubrir los colchones del *chill out*... Cuando terminamos todos los recados, Elisabeth, que pocas veces preguntaba —era más de dar por hecho y yo ya me había acostumbrado a ese temperamento—, me miró de una manera extraña, como preocupada.

—¿Te apetece que nos tomemos un dry martini?

—Sí, claro, bueno, son las doce de la mañana, pero vale. Nos vendrá bien. Pero ¿tú no tenías hora en la peluquería?

—Sí, ya iré, quiero hablar contigo. ¿Vamos al Don Pepe?

—Estupendo, que no tengo muchas ganas de andar.

Hasta que no nos sentamos, Elisabeth no dijo una sola palabra y yo tampoco. Estaba claro que iba a desvelarme algo importante, pero no sabía exactamente qué. Había tantos secretos que yo conocía y que ella ignoraba que sabía que no quise meter la pata. Ella pidió un dry martini y yo un té verde; no estaba para aturdirme.

—Tengo algo que contarte, querida —anunció muy seria.

—Dime, ¿qué ocurre?

—No, no te preocupes, no es nada malo. En parte. Realmente es algo muy bueno —me dijo, extendiendo un anillo precioso, con un diseño *déco*, rematado por un diamante.

—¿Henry te ha pedido en matrimonio? —pregunté, intentando parecer más entusiasmada de lo que realmente estaba—. Bueno, quiero decir, ¿te ha vuelto a pedir en matrimonio?

—Sí, anoche. —Sonrió.

—¿Y? Por Dios, ¡no le habrás vuelto a decir que no! Dime que le has dicho que sí, por favor, no me des este disgusto —exclamé totalmente en serio. Sabiendo lo que le pasaba a Henry, tenía que contestar que sí o yo estaba dispuesta a contárselo todo.

—Sí, le he dicho que sí, estoy muy feliz —admitió con los ojos húmedos.

—Eso es maravilloso. Es genial, me alegro tanto, de verdad —respondí yo, sin poder controlar las lágrimas. Estaba encantada.

—Sí, es una maravilla. Pero hay algo que debes saber... —añadió muy seria.

La miré, y estaba claro lo que iba a decirme y le ahorré el mal trago.

—Lo sé, me lo ha contado Arthur.

—¿Arthur? ¿Arthur lo sabe?

De repente me di cuenta de que yo estaba pensando en que iba a desvelarme que Henry tenía cáncer, pero a lo mejor lo que iba a contarme era que estaba arruinada. No era realmente para ponerse así, pero a esas alturas me había dado cuenta de que para Elisabeth el dinero, o más bien el lujo, era algo muy importante. Así que me callé.

—Espera, no sé si nos estamos refiriendo a lo mismo. Arthur me contó algo, pero juré mantenerlo en secreto... ¿De qué estamos hablando, Elisabeth?

—No, yo lo que quería contarte es que Henry tiene... tiene... cáncer —dijo, rompiendo a llorar.

Me levanté para ponerme a su lado y abrazarla; jamás la había visto así.

—Sí, Arthur lo sabe, eso es lo que me había contado.

—Bueno, sí, da igual —dijo entre sollozos.

—Venga, cariño, lo que tenemos que saber es qué tratamiento puede seguir y seguro que se pone bien. Pero te entiendo, el shock, así de repente... te entiendo.

—No, si yo ya lo sabía...

—¿Lo sabías?

—Sí, lo supe en Londres. Me lo contó Andrew.

—¿Andrew?

—Sí, el chófer de Henry.

—Ah, sí, perdona.

—Que había oído una conversación de Henry y es como de la familia... pero le juré que no se lo iba a decir a nadie.

—Ya... Pero él te lo ha contado. ¿Te lo dijo ayer?

—Sí, sí —afirmó Elisabeth, casi sin poder hablar.

—Pero, Elisabeth, ¿tú no le habrás dicho que sí a lo de casaros por eso?

Ella dejó de llorar y levantó la vista con una mirada dura que no le había visto hasta entonces.

—¿A qué te refieres?

—Quiero decir que no es por pena, ¿no? Que tú le quieres.

—Claro que le quiero, ¿qué te ha dicho Arthur?, ¿que busco el dinero de Henry? —exclamó enfadada.

—Por favor, Elisabeth. No me ha dicho eso y además sería absurdo.

—Sí, perdona, estoy muy nerviosa —dijo, recomponiéndose.

—No pienses cosas raras, por Dios. Que a veces eres un poco paranoica...

—¿Paranoica? ¿Ves? Eso te lo ha dicho Arthur.

—Que no, pero que ves fantasmas donde no los hay... y, de verdad, Elisabeth, relájate. Arthur no me ha dicho nada.

—Sí, sí. Bueno, es todo tan confuso que a veces me vienen pensamientos que no deberían. Perdona, supongo que a veces soy demasiado estricta con algunas cosas y, sí, muy mal pensada. Eso, de siempre. Bueno, desde que estuve con Gary. No puedo evitarlo.

—Bueno, el caso es que estás comprometida. ¡Que te vas a casar! ¿Tenéis fecha ya?

—No lo sé, aún no hemos hablado de los detalles. Gracias, cariño. Pero sí, tenemos que estar contentas... Y lo de Henry... bueno, por lo que me ha dicho su médico de Londres, que sea mayor es un punto a su favor y, al parecer, es menos grave de lo que habían pensado en un principio.

—¿Sí? Yo tenía la versión de Arthur, que era más, digamos..., dramática. Pero entonces, todo son cosas buenas.

—Sí, venga, vamos a la peluquería. Oye, de esto no le digas nada a Henry, por favor.

Unas horas después estaba llegando a la finca de Clothilde, intentando borrar cualquier idea negativa y pensando en que por fin Henry había conseguido su objetivo y, en el fondo, Elisabeth también. Me gustaba ese final feliz.

Elisabeth me había pedido que yo me adelantara para recibir a los invitados y supervisar que todo estuviera en orden. La idea era que ella, Henry y Arthur aparecieran una hora más tarde del comienzo oficial de la fiesta. Cuando llegué, Clothilde estaba radiante. No era cuestión del maquillaje, de ese vestido dorado años treinta o de aquel collar de diamantes absolutamente ostentoso que en ella quedaba elegante; era su actitud. Estaba en su ambiente, totalmente en su salsa. Dando instrucciones a los camareros, supervisando que se repartiera la alfombra de pétalos y de hierbabuena en el momento exacto, colocando los jarrones con flores en los sitios estratégicos. Era como una niña jugando a las princesas y me encantaba verla así; esa sombra oscura que la acompañaba parecía haberse disipado.

Los invitados empezaron a llegar, ellos con sus esmóquines y ellas con sus trajes a lo Josephine Baker.

No podía haber sido más acertada la idea de Elisabeth de hacer una fiesta inspirada en aquella época, que siempre había fascinado a Henry. La casa se transformó, parecía otra. Podía ser un caserón del Tánger internacional o el escenario de una novela de Scott Fitzgerald. El enorme jardín un poco descuidado, las sombras de las velas y la música de entreguerras que tocaba la orquesta convertía todo aquello en un escenario fuera del tiempo. Lo único que desentonaba era mi teléfono móvil, que no podía dejar en el bolso porque tenía a Elisabeth coordinando todo como si se tratara de una operación militar. Yo iba dándole el parte de quién iba llegando, de que ya estaban sacando las primeras copas de champán y el aperitivo frío... como si fuera una producción de la gala de los Oscar. El punto culminante tenía que ser la llegada de Henry. Todo estaba estudiado.

A las nueve, después de dar yo la señal, Henry llegó al porche y cuando iba a bajar las escaleras para llegar hasta el jardín, la música dejó de sonar y la cantante de la orquesta dijo: «Sir Henry Stanley, feliz cumpleaños», señalando hacia donde estaba él, que aún no salía de su asombro. En ese momento comenzó el espectáculo de fuegos artificiales. Todo en blanco, como una breve lluvia de diamantes. Y la orquesta empezó a tocar un foxtrot. Esa era una sorpresa de Arthur y mía. Sabíamos que Elisabeth y Henry lo bailaban de maravilla, les apasionaba, así que Henry se dio la vuelta buscando a Elisabeth, que se había quedado en un segundo plano en el salón, la cogió de la mano y empezaron a bailar, como si aquella terraza fuera un escenario. Los invitados ocupábamos la pista de baile que se había montado en el césped. Estábamos inmóviles, embelesados. De pronto noté cómo alguien me agarraba de la cintura y no tuve que darme la vuelta: era Arthur. Giré un poco el cuello, lo suficiente para que me lo besara. Yo no me moví. Era todo tan perfecto que me daba miedo romper el hechizo.

Tres horas más tarde, cuando el ambiente estaba en su punto álgido, me di cuenta de que podía bailar hasta caer agotada, reírme, coquetear con Arthur y disfrutar como si fuera la primera fiesta a la que iba en mi vida sin que el encantamiento se rompiera.

Cuando la orquesta empezó a ver que los invitados estaban exhaustos, comenzaron a interpretar canciones románticas. Clásicos de Nat King Cole, Julie London o Billie Holiday. Arthur se acercó adonde estaba sentada, charlando con Clothilde, y me sacó a bailar. No sé el tiempo que estuvimos abrazados y dejándonos arrastrar por la música. Solo recuerdo que nosotros seguíamos y la gente de nuestro alrededor iba cambiando. En mitad del *Begin the Beguine,* Arthur se separó un poco de mí, me miró, sonrió y me besó. Aunque yo llevaba toda la noche deseando que llegara ese instante, me gustó que hubiera esperado para hacerlo. Habíamos estado a punto varias veces, pero en el último momento se retiraba. Me encantaba esa sensación de no tener prisa.

Fue un beso largo, muy largo. Con la pasión de la primera vez, con esa que te eriza el vello de la espalda y te acaricia el estómago y con la placidez de dos viejos conocidos. Cuando nos separamos, me miró, volvió a besarme en la boca y luego en el cuello, se acercó a mi oído y me dijo: «¿Quieres ser mi novia?». Yo me separé un poco, le miré porque no sabía si esa declaración tan romántica pero tan a la vieja usanza era una broma o era en serio.

—Ya somos novios, ¿no? —dijo, haciéndose el preocupado.

—¿Ah, sí? No sé. ¿Por qué? —contesté.

Y volvió a besarme.

Epílogo

Seis meses después estaba claro que Arthur y yo éramos novios. Nos encontrábamos en Asturias, en casa de Sandra y Pablo, que estaban deseando conocerle. Acabábamos de llegar de Marbella, donde Arthur se había quedado a vivir temporalmente ante mi negativa a irme a Londres con él. No quería repetir errores. Él residía en la casa de verano de su padre y Elisabeth me había dejado la suya, así que éramos novios, novios como los de toda la vida.

—Entonces, Arthur, ¿te vas a quedar a vivir en Marbella? —preguntó Pablo mientras le servía, sin preguntar, una segunda ración de fabada que a Arthur, era evidente, no le gustaba demasiado. Estaba claro que las habilidades culinarias de Pablo (o la falta de ellas) no habían mejorado mucho.

—Bueno, no... no puedo quedarme eternamente. Mi casa, mis cosas están en Londres —dijo, haciendo un gesto de que no quería más.

—Entonces, ¿hasta cuándo te vas a quedar? —preguntó Sandra, que no dejaba nada al azar.

—Pues hasta que convenza a esta señorita para que se venga conmigo a Inglaterra... —contestó Arthur, divertido—. No me entendáis mal, no es que quiera llevármela, estaría encantado de irme yo a Madrid también, pero es que antes de que fuéramos novios Marta no paraba de decir que le encantaría vivir en Londres y que era inglesa de corazón, y ahora, nada.

—Bueno, porque no quiero trasladarme a tu casa.

—Cariño, ya te he dicho que podemos alquilar esa casa y buscar una para los dos. O si prefieres algo neutro, siempre está la opción de la de Elisabeth.

—¿Elisabeth vende su casa o es que os vais a ir a vivir con ella? —bromeó Sandra.

—No, no, de momento no entra en nuestros planes. ¡Dios mío! ¡Convivir con Elisabeth...! —exclamó Arthur, exagerando el horror que le producía—. Con mi madrastra...

—Sí, vende la casa de Chelsea. Ah, es que no os conté. Elisabeth y Henry han comprado el chalé de Luis.

—Bueno, querrás decir Henry —dijo Sandra, mirando malévolamente a Arthur.

—¡Cómo sois! Elisabeth tiene sus cosas, pero yo le tengo cariño —apostillé.

—Y yo también. Hay que quererla sabiendo cómo es —apuntó Arthur, riéndose.

—Pero, entonces, ¿han comprado la villa de Luis? Y Luis, ¿dónde está?

—Se ha ido a Tánger. Tenía un negocio estupendo para hacer una urbanización allí, que es posible que le salga y mientras, con el dinero del chalé, pues tiene de sobra para vivir.

—Cómo me alegro por él, al final, ¡qué casualidad! Mira que comprar la casa Henry y Elisabeth.

—Pues sí. Salió todo de repente y de casualidad, es cierto. Resulta que Elisabeth conocía la casa de Luis, de los años sesenta, y se encaprichó y Henry no le dice nunca que no.

—Pues mira, le ha venido genial a Luis que Henry sea así. Esto es asqueroso, estáis todos tan felices... —dijo Sandra con su ironía habitual.

—Oye, ¿y tú no eres feliz? —intervino Pablo, medio en broma, medio en serio.

—Pues claro que soy feliz. Pero una felicidad más pausada, que es la que me gusta. Qué tonto eres, mi amor. Con lo que te quiero yo a ti aunque no me compres chalés —dijo Sandra, levantándose para darle un beso a Pablo—. Pero volviendo a vosotros. Yo no es por meterme, pero ¿no es un poco pronto para iros a vivir juntos? —remató, poniendo razón en todo aquello.

—Yo estoy convencido de que Marta es la mujer de mi vida y quiero casarme con ella, pero entiendo que necesite tiempo. No estoy hablando de mañana, me refiero a dentro de un año o cuando sea. Yo, de momento, estaré donde esté ella, si quiere, claro.

—Pues claro que quiero, pero estoy pensando que lo mejor es que sea cuando se publique la novela o... no sé. No hay prisa, todo a su tiempo. Y ahora, además, hay que estar bastante en Marbella porque tu padre va a seguir allí el tratamiento, según dice.

—Es cierto. ¿Cómo está? —preguntó Sandra.

—Bien, con la quimio, pero parece que de esta va a salir. Está mucho mejor de lo que pensábamos en un principio —explicó Arthur.

—Menos mal... cómo me alegro. Por lo que me había contado Marta, sí que parecía que podía tener buen pronóstico.

—Sí, está respondiendo bien. Que sea mayor y que esté lo feliz que está parece que son puntos a favor —dijo Arthur.

—Claro, eso es lo esencial, que esté feliz. El estado psicológico es muy importante —aclaró Sandra—. Pero entonces, Marta, lo de la novela, ¿es seguro? Me tienes muy poco informada últimamente, desde que tienes novio no me cuentas nada.

—Sí, sí. Hasta que no firme el contrato no quiero decir nada, pero creo que lo haré la semana que viene. Es con Dolphin Books. Leyeron la sinopsis y las treinta primeras páginas, bueno, lo que tengo escrito, y parece que les ha gustado.

—Gustado no, les ha encantado —apostilló Arthur.

—¡Pero eso es una maravilla! —exclamó Sandra, levantándose para darme un abrazo—. Cariño, por favor, me alegro tanto.

—Sí, no sabes lo nerviosa que estoy y, encima, cuando firme, me pagan parte del adelanto. Que no es una barbaridad, pero me da para tirar de momento y cuando la acabe, a ver qué pasa.

—Pues que será un *best seller*.

—A ver. Yo, de todas formas, sigo mirando a ver si encuentro algo. Pero sí, lo de escribir ha sido fundamental. Y eso se lo tengo que agradecer a Arthur. Si no llega a animarme...

—Yo habré dado el empujón, pero tú eres la que lo ha hecho. Y no sabes lo orgulloso que estoy de ti.

—¿Y de qué va? —preguntó Pablo.

—Es... podría decirse que es una historia novelada que tiene que ver con lo que he vivido este año y pico y algo del pasado que, en el fondo, tiene una conexión enorme con todo esto. Os acordáis de *Contigo aprendí*, ¿no? La novela sobre mi abuela que escribió mi prima Silvia.

—Sí, por supuesto. Cómo no nos vamos a acordar. Menudo revuelo se montó en Asturias con aquello —contestó Pablo.

—Pues dándole vueltas, me di cuenta de que la historia que había vivido durante estos meses tenía mucha relación con la que vivió mi abuela, a grandes rasgos. Y que, al final, he hecho lo que mi abuela dudó tanto en hacer. Quedarme con el hombre que de verdad me quiere, con el que me hace feliz y romper con el que no era para mí. Quedarme con el José de *Contigo aprendí*.

—Arthur —apuntó Sandra, sonriendo—. Y yo estoy encantada de que sea así.

—Sí, con mi Arthur. Supongo que cuando una se enamora de verdad encuentra su sitio. Y yo, con Arthur, he llegado a casa.

—Pero eres como Elisabeth, que no quieres casarte conmigo —bromeó Arthur.

—Yo estoy feliz contigo, pero no, de momento no quiero ni casarme ni convivir... ¿No habíamos quedado en que para escribir hace falta soledad? Pues ni tú ni yo podemos estar casados.

—Pero mujer... —me reprochó cariñosa Sandra.

—Ni mujer ni nada. Yo adoro a Arthur, soy muy feliz con él, quiero estar con él para siempre, pero de momento creo que quiero estar sola, lo necesito. Que no es tan complicado, si dormimos juntos todos los días.

—Bueno, pero es normal que él quiera convivir, formar un hogar... —insistió Sandra.

—Normal, normal... Pues a lo mejor es que yo no soy normal —dije, mirando a Arthur, que murmuró un «y por eso me gustas, aunque no quieras que nos casemos».

Todos soltaron una carcajada y de pronto me di cuenta de que acababa de dar en el clavo. Esa frase que había pronunciado sin pensar, medio en broma, era lo más cierto que había dicho en mi vida. La locura del último año, la inestabilidad en todos los sentidos, me había puesto en mi sitio y por fin todo encajaba. Arthur había sido fundamental: me había hecho verme como realmente era y sí, yo no era como Sandra, que vivía feliz con sus horarios, sus vacaciones, su marido y su orden. No era mejor ni peor, era simplemente distinta y ya no me sentía culpable por ello, ni intentaba justificarme ante nadie. Arthur me había servido de espejo y me gustaba lo que veía. Con él, por fin, no tenía que fingir que era otra y eso me producía una paz que no había tenido desde la infancia. Sí, había llegado a casa. Mi casa estaba en mí.